HEYNE <

Tanja Heitmann

SIRENEN LIED

WILHELM HEYNE VERLAG
MÜNCHEN

MIX
Papier aus verantwortungsvollen Quellen
FSC® C014496

Verlagsgruppe Random House FSC-DEU-0100
Das für dieses Buch verwendete
FSC®-zertifizierte Papier *Holmen Book Cream*
liefert Holmen Paper, Hallstavik, Schweden.

Originalausgabe 02/2011
Redaktion: Kerstin von Dobschütz

Printed in Germany 2011
Umschlaggestaltung: Nele Schütz Design, München
Dieses Werk wurde vermittelt durch
die Literarische Agentur Thomas Schlück GmbH, Garbsen
Satz: Leingärtner, Nabburg
Druck und Bindung: GGP Media GmbH, Pößneck

ISBN 978-3-453-52788-1

www.heyne-magische-bestseller.de

Schließ dich, Ohr, dann hörst du,
Wie die Stimmen aus den Welten hallen, (…)
Immer seltner, immer leiser, wie sie
Tiefer in die ewgen Meere sinken.

Ferdinand Ernst Albert Avenarius,
Aus der Sammlung *Stimmungen*

Prolog

Leidenschaftlich schlang sie ihre Beine um seine Hüften, während ihre Fingerspitzen eine prickelnde Spur entlang seiner Wirbelsäule hinterließen. Oder war es nur das aufgewühlte Wasser, das an ihm riss und zerrte? Nein, diese Berührungen … das konnte nur sie sein. Sie hielt ihn in ihrer Umarmung, zog ihn fest an sich. Ihre süße, verführerische Stimme drang wie das Rauschen der See an sein Ohr.

Hohe Wellenbrecher schlugen irgendwo über ihm zusammen, führten einen wild schäumenden Tanz auf, während er immer tiefer sank. Anstelle von Schwarz leuchtete hinter seinen geschlossenen Augen funkelndes Blau, durchsetzt von Goldsprenkeln. Als würde er an einem Sommertag in der Brandung liegen und sie jede verborgene Stelle seines Körpers mit Küssen und Berührungen übersäen.

Sie war um ihn herum, überall.

Wenn er nur die Kraft besäße, die Augen zu öffnen, dann könnte er ihr schönes Gesicht sehen, das sich ihm mehr als alles andere eingebrannt hatte. Wie lange hatte er auf ihre Wiederkehr warten müssen! Aber jetzt war sie endlich da, und er würde keinen einzigen weiteren Gedanken an die letzten Jahre verschenken, die ihm so unerträglich leer erschienen waren.

Nur Meeresrauschen, kein Gesang.

Ihr langes Haar trieb wie nasser Seetang in sein Gesicht. Anfangs war die Berührung nicht mehr als ein flüchtiges Streifen, doch dann verdichteten sich die Strähnen, bis er glaubte, daran zu ersticken. Für einen Augenblick wurde ihm bewusst, dass das Brennen in seiner Brust nicht der Lust, sondern dem Sauerstoffmangel in seinen Lungen entsprang. Er musste auftauchen, sofort. Aber das bedeutete, sich aus ihren Armen zu befreien, sie von sich fortzustoßen. Nein, unmöglich. Das Zauberwort, er musste nur das Zauberwort aussprechen, dann könnte er endlich die Augen öffnen und erkennen, dass sie leibhaftig bei ihm war, und dass es nicht bloß ihr Lied gewesen war, das ihn ins stürmische Meer und damit in eine tödliche Falle gelockt hatte. Sie lag in seinen Armen – wirklich und tatsächlich.

Doch sein Mund weigerte sich, sich zu öffnen. Er spürte eine sanfte Berührung, als hätte sie ihre kühlen Lippen zu einem Kuss auf seine gesenkt. Wie auf eine geheime Losung hin glitten seine Lippen auseinander. Bevor er jedoch etwas sagen konnte, drang eiskaltes Salzwasser in seinen Mund. Seine Glieder wurden bleiern, während der Lebensfunke in ihm erlosch. Unter ihm tat sich ein schwarzer Malstrom auf, in den er unwiederbringlich hineingezogen wurde.

Ich kenne das Zauberwort, dachte er verzweifelt, ich muss es nur aussprechen.

Dann schwanden ihm die Sinne.

I

Inselrundgang

Josh fuhr aus dem Schlaf hoch, als hätte jemand eine Bombe unter ihm gezündet. Er griff sich an die Kehle, schnappte nach Luft, von der es zu seiner Überraschung mehr als ausreichend gab. Eben noch war da nur Wasser gewesen, nichts als Wasser. Es hatte ihn verschlungen, als wäre es etwas Lebendiges mit einem eigenen Willen. Etwas, das ihn wollte. Mit Leib und Seele.

Aufgewühlt sog er die Luft stoßweise ein, bis sein Brustkorb schmerzte. Dann sickerte langsam die Erkenntnis zu ihm durch, dass er dem Alptraum entkommen war. Wenn man es denn einen Alptraum nennen wollte ... ein Teil seines Körpers erzählte da etwas ganz anderes, erzählte von der Erfüllung eines Wunschtraums. Und er hätte alles dafür gegeben, sich noch einmal dem Schlaf zu überlassen, gleichgültig gegenüber den Gefahren. Zu stark war das Verlangen.

»Gott, wie ich das hasse«, sagte Josh zu der niedrigen Zimmerdecke gewandt.

Obwohl es kühl war, strampelte er die Decke von seinen Beinen. Im Traum mochte er von eisiger Schwärze umgeben gewesen sein, die jeden Lebensfunken erstickt hatte, aber jetzt war seine Haut heiß und verschwitzt. Eine unangenehm elektrisierende Energie kroch über sie, die er am liebsten abgeschüttelt hätte. Wie ein Getriebener lief er einige Schritte in dem Zimmer auf und ab, wobei er einen Stiefel aus dem Weg kickte, über den er in der Dunkelheit beinahe gestürzt wäre.

Ein Blick auf den Wecker verriet ihm, dass es noch viel zu früh am Morgen war. Gerade einmal vier Uhr. Die Zeit, in der einen die absurdesten Gedanken und Träume heimsuchen. Ihre Zeit. In der Ferne konnte er das Meer hören, wie es gegen die Küste von Cragganmore Island prallte. Ein Lied, das er normalerweise gar nicht mehr wahrnahm, weil es ihn seit seiner Kindheit begleitete. Mit den aufziehenden Frühjahrsstürmen veränderte sich jedoch seine Melodie und brachte Unruhe und Träume mit sich.

Fluchend verschränkte Josh die Arme vor der Brust und stand einen Moment mit gesenktem Kopf da, während Schauer über seine sich abkühlende Haut liefen.

Leugnen war zwecklos, er war kurz davor, nach seiner Kleidung zu greifen und hinauszulaufen, erfüllt von dem Verlangen, Gischt auf seinen Wangen zu spüren. Gischtspritzer, die sich ähnlich der Berührung meereskalter Fingerspitzen anfühlten. Stattdessen schlüpfte er erneut unter die Decke, die noch nassgeschwitzt von seiner nächtlichen Unruhe war. Das störte ihn jedoch nicht weiter, denn er konnte ohnehin nicht still liegen. Unaufhörlich wand er sich, bis er mit einem frustrierten Ausruf das Kissen über den Kopf zog. Das Meeresrauschen fand trotzdem einen Weg an sein Ohr, flüsterte ihm zu, bis er sich ihm nicht länger entziehen konnte. Schon bald verfiel er in einen unruhigen Schlaf.

Am Vormittag zeigte sich der Himmel wie blankgeputzt. Eine Seltenheit in dieser Gegend, und so ließen sich die Möwen zu manchem Sturzflug hinreißen. Doch Josh hatte nur einen Blick für die tollkühnen Luftpiraten übrig, als er sein Motorrad, eine alte Triumph Cornet, neben dem Bootshaus am Hafen abstellte. Der gute Logan stand in seinem Blaumann im offenen Tor und sah interessiert dabei zu. Er mochte Ende vierzig sein oder auch nicht, das ließ sich bei seinem wettergegerbten, von einem Bart überwucherten Gesicht schlecht sagen.

»Morgen, Junge«, grüßte Logan auf Gälisch.

Josh nickte und stellte sich neben ihn. Gemeinsam betrachteten sie Joshs hochbetagte Maschine, als erwarteten sie, dass die alte Mühle, wenn sie schon nicht auseinanderfiel, dann doch wenigstens umkippen würde.

»Dieser Blechhaufen ist eine echte Schande«, sprach Logan aus, was ihnen beiden durch den Kopf ging.

»Mag sein, aber immerhin eine Schande, die fährt.«

»Kein vernünftiger Mensch ist auf den Hebriden mit einem Motorrad unterwegs. Ständig dieser Wind und Regen …«

»Da ist ein Spritfresser wie dein alter Land Rover natürlich Gold gegen, auch wenn du ihn nur zwischen Bootshaus und Pub bewegst«, unterbrach ihn Josh unbekümmert. Die Diskussion über seine Maschine gehörte zur Begrüßungszeremonie wie die anschließende Tasse Kaffee, die einem die Speiseröhre teerte, weil Logan das Pulver mit Augenmaß abschätzte, und um seine Augen war es noch nie sonderlich gut bestellt gewesen.

Logan lachte krächzend und steckte sich eine filterlose Zigarette zwischen die bartgekränzten Lippen. »Was hast du letzte Nacht eigentlich getrieben, Bursche? Siehst nicht aus, als hättest du viel Schlaf bekommen. Damenbesuch?«

»Klar.« Josh verzog den Mundwinkel zu einem schiefen Grinsen. »Auf Cragganmore Island ist die Auswahl an Damen so groß, da kann ich mir jede Nacht eine andere ins Bett einladen. Nichts leichter als das.«

Womit er eins der großen Leidthemen der Hebriden ansprach: Die jungen Leute auf Cragganmore Island waren an einer Hand abzählbar. Wenn man diejenigen hinzuzählte, die auf dem Festland arbeiteten oder studierten und an den Wochenenden mit der Fähre übersetzten, kam man auf ein gutes Dutzend. Was immer noch mehr war als auf manch anderer Insel. Cragganmore Island war durchaus malerisch, wenn man eine raue Schönheit zu schätzen wusste. Sie war überwiegend von Fels gezeichnet und baute sich zum offenen Meer hin zu einer Klippenlandschaft auf, die einem den Atem raubte. Auch das Dorf, das sich um den Hafen erstreckte, war nicht zu verachten, obwohl ihm die eine oder andere Investition gutgetan hätte. Wer nichts gegen einen verwitterten Charme einzuwenden hatte, konnte sich hier wohlfühlen.

»Tja, wenn deine Augenringe eher durch einen Mangel an weiblicher Gesellschaft zu erklären sind, dann solltest du dich besser einmal an die kleine Eileen Rutherford wenden. Sie hätte bestimmt nichts dagegen, dir Abhilfe zu verschaffen«, riet Logan, ohne eine Miene zu verziehen.

Josh hob fragend die Augenbrauen. »Woher willst du das wissen?«

Bevor Logan antwortete, musterte er sein verschlafenes

Gegenüber, um nach einem Hinweis zu suchen, ob da wohl eventuell Interesse bestand. Es war immer gut, den jungen Leuten einen Grund zum Bleiben zu geben – vor allem einem wie Joshua Galbraith mit seinen vielen Talenten. Leider sah Josh höchstens neugierig aus.

Logan stieß einen Seufzer aus. »Woher weiß ich wohl, dass Eileen dich nicht von ihrer Bettkante stoßen würde? Ist ja nicht so, als wäre das Mädel auf den Mund gefallen. Sie hilft abends ab und an im Peebles aus, und da hat sie sich mit Mary beim Gläserspülen darüber unterhalten, was für eine Verschwendung es ist, dass du an allem Möglichen Interesse hast, nur nicht an der hiesigen Damenwelt. Und weil du in der letzten Zeit derartig abwesend wirkst, würde sie gern persönlich dafür sorgen, dass du den Weg ins Hier und Jetzt zurückfindest. Mary hat ihr übrigens fleißig zugestimmt. Falls du also mehr auf ältere, erfahrene Frauen stehst …«

Josh winkte ab und ging ins Bootshaus, wo seit letztem Herbst die Dau eines englischen Geschäftsmanns aufgedockt stand. Ein hübsches altes Schätzchen, das einmal gründlich von Kopf bis Fuß überholt werden sollte. Logan, der ihm gefolgt war, bekam beim Anblick des Segelschiffes wie immer einen seligen Gesichtsausdruck. Nicht nur weil ihm die Arbeit an der Dau die Wintermonate finanzierte, sondern weil er jeder Form von Wassergefährt eine Zuneigung entgegenbrachte, die an einen ausgewachsenen Spleen heranreichte. Außerdem war eine Dau in schottischen Gewässern nur selten zu sehen, was sie für Logan gleich doppelt wertvoll machte.

Josh tätschelte den Kiel, wobei er Logan zublinzelte. »Und, sagt sie schon Papa zu dir?«

»Noch nicht, aber bald habe ich sie so weit.« Logan kam

mit zwei Kaffeebechern zu ihm, und die beiden Männer grinsten sich an.

»Das wird hart für dich, wenn Mr. Global Player sie im Mai abholen lässt.«

Ein wenig hilflos zuckte Logan mit den Schultern, dann wechselte er das Thema. »Wir müssen über die Befestigung der neuen Planken reden. So, wie wir das geplant haben, gefällt mir das noch nicht richtig.«

Mit einem Brummen drehte Josh den Becher zwischen seinen Händen, während er das Problem mit den Planken durchdachte. Zum ersten Mal seit letzter Nacht achtete er nicht mehr auf den Gesang des Meeres, der ihn zu locken versuchte.

Nachdem Josh am späten Mittag bei MacMillian's, dem hiesigen Wir-haben-alles-und-wenn-wir-es-nicht-haben-dann-brauchen-Sie-es-auch-nicht-Laden, die übrig gebliebenen Koteletts und noch einige andere Lebensmittel auf Rechnung gekauft hatte, fuhr er wie jeden Mittwoch mit seiner Maschine den Feldweg entlang, der zur Steilküste hinaufführte. Mittlerweile hatte sich der Himmel wieder zugezogen, und Josh musste sich tief über sein Lenkrad beugen, um dem aufkommenden Wind zu trotzen. Wie immer wurde er für seine Mühe mit einem fantastischen Blick auf den tosenden Atlantik belohnt, dem er um diese Jahreszeit leider nicht lange nachhängen konnte, wenn er nicht vom Wind umgeweht werden wollte. Hastig suchte er Schutz in dem alten Cottage, das sich in eine Mulde schmiegte.

Jack Finebird, der Besitzer des Cottage und Financier der mittwöchlichen Mittagessen, hatte die Ruine vor gut fünf Jahren restaurieren lassen. Für den damals sechzehn

Jahre alten Josh war es der erste richtige Job gewesen. Zwar hatte er keinerlei Ahnung gehabt, wie man das alte Mauerwerk fachgemäß wieder hochzieht oder wie man einen Dachstuhl baut, aber das hatte ihn nicht davon abgehalten, es zu tun.

Josh verfügte über die seltene Begabung, sich nicht nur genau vorzustellen, wie man etwas bewerkstelligte, sondern er konnte seine Überlegungen auch in die Tat umsetzen. Er war ein echtes Multitalent, wie seine Mutter zu sagen pflegte, oder schlicht ein »cleverer Bursche«, wie Logan ihn gegenüber seinen Freunden im Pub bezeichnete.

»Den Jungen kannst du an alles ransetzen, ob Motor oder gebrochener Mast. Der findet bestimmt die beste Lösung. Man muss ihn eben nur dazu bringen, seine Tagträume mal für eine Zeit lang abzuschalten. Aye.«

Auch Jack Finebird hatte sich schon so seine Gedanken über den jungen Mann gemacht, dem alles in den Schoß zu fallen schien und der sich so wenig aus seinen Talenten machte, dass er sich nur mit unzähligen Aushilfsjobs über Wasser hielt. In den über achtzig Lebensjahren hatte Finebird eine Menge Leute kennengelernt, aber nur wenige von ihnen hatten auch nur ansatzweise solch eine Geschicklichkeit an den Tag gelegt wie Josh Galbraith. Zu Beginn ihrer Freundschaft hatte er oft gedacht, dass Josh seine Zeit auf Cragganmore Island verschwendete. Eigentlich gehörte er in eine Großstadt, wo ihm alle Möglichkeiten offenstanden, so dass er herausfinden konnte, wofür sich seine Begabung am besten einsetzen ließe. Aber dann war ihm klargeworden, dass es keinen besseren Platz für diesen jungen Mann gab als diese felsige Insel mitten im stürmischen Atlantik. Der richtige Ort, um sich zu beweisen.

Wie bei jedem seiner Besuche übersprang Josh das höfliche Anklopfen und trat direkt ins Cottage ein, das ausschließlich aus einem großen Raum mit einem freiliegenden Dachgebälk bestand. Finebird hatten die beengenden Räume nicht gefallen, und so waren die Steine der Trennwände dazu benutzt worden, die Außenwände auszubessern und aufzustocken. Den meisten Platz nahm das Atelier in Anspruch, denn Finebird arbeitete auf mannshohen Leinwänden – mal an diesem, mal an jenem Bild. Dementsprechend mussten Kochstelle und Esstisch sich mit einer Nische begnügen, während das Bett je nach Bedarf herumgeschoben wurde, so dass es nicht im Weg stand.

Josh hielt sich gern in dem Cottage auf, in dem sich der Geruch von Ölfarbe mit dem Salzduft des Meeres und den muffigen Absonderungen des alten Gemäuers mischte. Ihn störte auch das ewige Halbdunkel nicht, denn wie der Wind wurde das Licht von den kleinen Fenstern abgehalten. Anfangs hatte er sich darüber gewundert, dass Finebird mit dem spärlichen Licht auskam, dann jedoch hatte er erkannt, dass der alte Maler seine Bilder mehr erfühlte, als sie mit scharfem Auge zu malen.

»Hallo, Mr. Finebird, das Mittagessen ist da. Außerdem habe ich noch einige andere Dinge für Ihren Vorratsschrank mitgebracht, die Ihnen bald ausgehen dürften. Mrs. MacMillian meinte nämlich, dass sie Sie die letzten Tage nicht zu Gesicht bekommen hat. Hören Sie mich? Nicht, dass Sie vor Schreck tot umfallen, wenn ich plötzlich vor Ihnen stehe«, rief Josh in den Raum hinein, da er den Hausbewohner irgendwo zwischen seinen Leinwänden vermutete.

Sogleich tauchte dessen schmaler Kopf seitlich eines Rahmens auf, wobei sein langer weißer Zopf hin und her baumelte. »Habe deine Ankunft schon mitbekommen,

Junge. Deinen lärmenden Motor hört man nämlich bereits eine Meile gegen den Wind. Fang ruhig schon mal an, ich brauche hier noch einen Moment. Kann jetzt keine Ablenkung vertragen.«

»Ja, klar«, antwortete Josh und sagte leise an sich selbst gerichtet: »Du kommst dann mal später. Wie immer, wenn's ums Kochen geht. Spätestens zum Essen ist das Kunstwerk plötzlich fertig, darauf wette ich.«

»Das habe ich gehört. Ich bin alt, aber nicht taub«, kam Finebirds heisere Stimme zurück. »Du kannst ja herkommen und mir sagen, was an dem Bild nicht stimmt, an dem ich gerade arbeite. Dann kann ich auch Karotten schrubben.«

»Schon gut«, entgegnete Josh hastig und sah zu, dass er die Einkäufe auf dem Esstisch ausbreitete. Denn er verspürte wenig Lust, sich ernsthaft mit Finebirds Bildern auseinanderzusetzen.

Man könnte sagen, seit der Maler nach Cragganmore Island gezogen war, hatte seine blaue Phase begonnen. Was auch immer er zuvor gemalt haben mochte, hatte augenblicklich an Bedeutung verloren, als er einen Fuß auf die Steilklippe setzte. Seitdem gab es für ihn als Motiv nur noch das Meer.

Blau in Blau, durchzogen von gelegentlichem Grau.

Josh konnte nicht zu sagen, ob diese Farbschmierereien wirklich Kunst waren. Mit so etwas kannte er sich nicht aus, denn er hatte die Schule bald abgebrochen – die viele Zeit, die er dazu auf dem Festland hatte verbringen müssen, war nicht nach seinem Geschmack gewesen. Allerdings berührten Finebirds Bilder ihn. Wenn er lange genug auf die blaue Wirrnis blickte, glaubte er, Umrisse auf dem Grund auszumachen. Als würde da tief unter der Oberfläche jemand schwimmen.

Finebird beobachtete ihn jedes Mal, sobald er, entgegen seinen Vorsätzen, versunken vor den großen Leinwänden stand. Der alte Maler schien in seinem Gesicht lesen zu wollen, was er in den Bildern sah.

Einmal hatte er ihn sogar darauf angesprochen: »Was zeigt dir mein gemaltes Meer, wenn du lange genug hinsiehst, Josh?«

»Was ich in Ihrem Meer sehe? Jede Menge Wasser«, hatte Josh die Frage abgeblockt, weil sie ihm unerklärlich intim vorgekommen war.

Doch so leicht hatte Finebird sich nicht abschütteln lassen. »Stell dich nicht so dumm an. Ich will wissen, was du hinter der blauen Farbe erkennst.«

Josh war ihm eine Antwort schuldig geblieben und hatte seitdem den Blick auf die Bilder vermieden – was angesichts seiner Freundschaft zu Finebird schon unhöflich zu nennen war.

Kaum stand das Essen auf dem Tisch, kam Finebird wie erwartet um die Ecke. Eine schöne Tradition, die begonnen hatte, als die beiden Männer sich während der Renovierung des Cottage miteinander angefreundet hatten. Zwar tarnte der schwer zugängliche Finebird das Ganze als Job, indem er Josh Einkäufe und andere Kleinigkeiten für sich erledigen ließ, aber sie wussten es beide besser: So unterschiedlich sie sein mochten, so gut verstanden sie sich. Einfach weil sie den anderen mit seinen Eigenarten akzeptierten. Wobei der Maler auf den ersten Blick deutlich mehr Eigenarten an den Tag legte als der junge Schotte.

»Riecht das etwa wie Marys berühmte Biersoße – oder irre ich mich da?« Mit einem Grinsen stellte Josh die Soßenschale auf den Tisch, die Finebird sogleich unter seine

Nase zog. »Tatsache. Das Rezept rückt sie doch ansonsten um kein Geld der Welt raus.«

»Macht sie auch nicht, sonst könnte sie ihren Pub ja gleich schließen.«

Nachdenklich begann Finebird zu essen. »Wenn du klug bist, gehst du lieber nicht damit hausieren, dass du ihr bestes Rezept nachkochen kannst. Köchinnen können bei so etwas sehr empfindlich sein. Wir wollen ja nicht, dass einer der Fischer deine sorgfältig tranchierten Überreste in seinem Netz wiederfindet.«

»Wie ich Mary kenne, würde sie mir für ein nachgemachtes Rezept lediglich die Eier abschneiden und vor meinen Augen in der Pfanne braten«, erwiderte Josh ungerührt. Als Finebird sich vor Lachen verschluckte, klopfte er ihm auf den Rücken und widmete sich dann seinem Kotelett, denn er hatte einen Bärenhunger.

Nach dem Essen und ein paar Verdauungskaffees standen die beiden Männer auf dem Vorplatz des Cottage, wo Finebird ungestört seiner Liebe für Kautabak frönen konnte.

»Wird bald dunkel, die Dämmerung bricht auf dieser elenden Insel immer so verflixt früh an.« Finebird spuckte geschickt in einen leeren Farbeimer. »Ist also an der Zeit für meinen Spaziergang, sonst breche ich mir noch die Knochen, weil ich nichts mehr sehe. Wir treffen uns dann ja, wie gehabt, nächste Woche wieder. Und dann bringst du etwas zum Mittag mit, das meinen altersschwachen Magen nicht an seine Grenzen der Belastbarkeit treibt. Oder du kochst einfach schlechter, dann bin ich nicht so schrecklich verfressen.«

Josh schüttelte nur den Kopf, denn diese Klage hörte er sich jede Woche an. Allerdings nicht ungern.

»Übrigens.« Finebird hielt mitten im Gehen inne. »Wenn

du dich heute Abend im Peebles rumtreibst, sag Mawhiney, dass er mit seinem Lieferwagen bei mir vorbeikommen soll, um ein verkauftes Bild abzuholen. Sag es ihm möglichst früh, sonst vergisst er es mit seinem versoffenen Hirn wieder.«

Obwohl Finebird außer von Josh selten Besuch bekam und seine einzige Verbindung zum Festland in einem Funkgerät bestand, das regelmäßig Staub ansetzte, gelang es ihm offensichtlich ohne Schwierigkeiten, seine Meeresgemälde zu verkaufen.

»Das Bild ist eine wirklich gute Arbeit geworden. Könnte dir gefallen«, sagte Finebird leichthin, bevor er sich verabschiedete und sich auf seine nachmittägliche Runde machte.

Josh sah ihm einige Zeit lang nach und kaute nachdenklich auf seiner Unterlippe. Schließlich ging er zu seiner Maschine, um sie anzuschmeißen. Doch außer viel Gestotter war nichts aus ihr herauszubringen.

»Tank leer«, murmelte Josh grimmig und schnipste gegen die Tankanzeige, die auf halbvoll stand. Eigentlich hätte ihm auffallen müssen, dass sie schon verdächtig lang auf dieser Position verharrte. »Gut, borgen wir uns eben etwas von Finebirds Benzinvorräten.«

Mit einem leichten Widerwillen kehrte Josh in das Cottage zurück und ging mit gesenktem Blick zwischen den Leinwänden zu der Ecke, in der Finebird außer Farben auch Benzin zum Pinselreinigen aufbewahrte. Nachdem Josh das Etikett auf dem Kanister durchgelesen hatte, stellte er erleichtert fest, dass Finebird tatsächlich normales Benzin zum Reinigen benutzte. Viel war es allerdings nicht, vermutlich reichte es gerade aus, um die Triumph bis nach Hause zu bringen.

Auf dem Weg zurück zur Tür blieb Josh unvermittelt stehen, als er ein seltsam reibendes Geräusch hörte. Wovon auch immer es herrührte, es zauberte ihm eine Gänsehaut. Fein und federnd. Dann sah er den Auslöser: Eine Möwe hatte sich bei ihrer Suche nach einem Ruheplatz eines der kleinen Fenster ausgesucht und presste nun ihr Federkleid gegen das Glas. Als Josh sie bemerkte, drehte sie den Kopf, und er hätte schwören können, dass sie ihm mit ihrem glänzend schwarzen Perlauge zublinzelte.

Abrupt wendete Josh sich ab und stieß dabei fast eine der Leinwände um. Im letzten Augenblick bekam er sie am Rahmen zu packen. Firnisgeruch stieg ihm in die Nase. Beinahe hätte er also das Gemälde ramponiert, das Finebird bereits verkauft hatte. Zwischen Joshs Schulterblättern breiteten sich Schweißperlen aus, während er die Leinwand wieder aufstellte. An seinem Handballen war ein leicht grünlicher Schimmer hängen geblieben, obwohl die Ölfarbe eigentlich bereits getrocknet war. Als er daran schnupperte, roch das Grün nicht nach Harz und Terpentin, sondern nach Salz und modrigem Seetang.

Hastig wischte Josh die Spur an seinen abgetragenen Jeans ab, dann kontrollierte er noch, ob er tatsächlich auch keinen Handabdruck auf der Oberfläche des Bildes hinterlassen hatte. Nein, nichts lenkte von dem bewegten Wasser ab. Falls es sich denn überhaupt um bewegtes Wasser handelte.

Josh machte einen Schritt zurück, um einen besseren Blick auf das Gemälde werfen zu können, das ihm bis zur Brust reichte. Es zeigte dunkle, in sich verschlungene Blautöne, durchsetzt von hellen Sprenkeln – als würden dem aufgewühlten Meer feine Sauerstoffbläschen entsteigen.

Ohne sich dessen bewusst zu sein, folgte Josh mit den Augen dem Bläschenstrudel, bis er nichts mehr anderes sah als dunkles Wasser. Immer tiefer tauchte er hinein, während um ihn herum das Meeresrauschen toste. Man konnte meinen, es sei so laut, um einen anderen Klang zu übertönen. Einen Klang, der noch zu fern war, um jetzt schon ausgemacht zu werden.

Da! Da war doch etwas!

Ein helles Flackern, ein ovaler Umriss wie etwa ein Gesicht. Doch das Wasser drängte sich dazwischen, ließ alles verschwimmen. Josh fühlte, wie er zurückgedrängt wurde, und versuchte, dagegen anzukommen, aber es nützte nichts. Das Meer war stärker, es wollte ihn wie einen Fremdkörper ausspucken. In dem Moment, in dem sich die Wasserfluten wieder in Pinselstriche aus Öl verwandelten, hörte Josh eine singende Stimme, die vom nassen Element getragen wurde.

»Ruf mich zu dir, oder ich hole dich.«

Am ganzen Körper bebend, fand Josh sich im Cottage wieder. Die Möwe war in die Dämmerung verschwunden, das Gemälde war nichts weiter mehr als blaues Chaos. So schnell er konnte, sah Josh zu, dass er ins Freie kam.

2

Pubbesuch

Allmählich ging es auf neun Uhr zu, und Josh beschloss, dass er kein Pint mehr herunterbekam, obwohl die Stimmung im Peebles & Co. an diesem Abend besonders ausgelassen war. Mary, die Wirtin des Pubs mit seinen fünf Tischen und einer Dartscheibe, hatte ihren Platz hinterm Tresen längst verlassen und stand Arm in Arm mit Mawhiney, dem Postboten und Transporteur für alles, beisammen. Gerade stimmten sie lautstark einen weiteren Folksong an, während Josh Kleingeld aus seinen Hosentaschen kramte und es in die offen stehende Kasse warf. Der hochgewachsene Cameron, ein Freund aus Kinderzeiten, der mit ein paar anderen Kartenspielern an einem Tisch saß, hob die Hand.

»Willst du dich etwa schon vom Acker machen, Galbraith? Wir wollen gleich noch bei mir mein Selbstgebrautes probieren. Dazu können wir jeden Mann gebrauchen.« Die abgebrochenen Vorderzähne, die Cameron bei seinem Grinsen zeigte, bewiesen zweifelsohne, dass ihm sein Selbstgebrautes schon so manches Opfer abverlangt hatte.

Obwohl Josh normalerweise ungern Einladungen ausschlug, winkte er ab. »Lass gut sein, heute Nacht brauche ich meinen Gleichgewichtssinn noch. Ich muss nämlich nach Hause laufen.«

»Leute, habt ihr das gehört? Joshua Galbraith will zu Fuß laufen! Hast du die Schrottkiste endlich im Meer versenkt? Wäre ja auch höchste Zeit.«

Camerons dröhnende Stimme erreichte auch den letzten ale-seligen Pubbesucher, und für einen Moment sah Josh sich mit lauter johlenden Insulanern konfrontiert. Ein wenig beleidigt wandte er sich wieder dem Tresen zu. Mochte ja sein, dass seine Maschine nicht einmal mehr als Altmetall taugte, aber er liebte sie trotzdem. Sollen sich die anderen doch ruhig über sie lustig machen.

Gerade als er seine beglichene Rechnung von der Tafel strich, tauchte Eileen hinter ihm auf, die bislang mit dem allabendlichen Frauenclan von Cragganmore an einem Tisch gesessen hatte. Es ging ihnen wohl langsam der Gesprächsstoff aus, nachdem sie die letzte Folge ihrer Lieblings-Daily-Soap bereits zum dritten Mal durchgekaut hatten.

»Hi«, sagte Eileen, während sie an Josh vorbei nach der Kreide griff, um ihre Rechnung ebenfalls auszustreichen. Dabei drückte sie ihren Busen einen Tick zu lang an seinen Oberarm. Nicht, dass er etwas dagegen gehabt hätte. Eileens Oberweite bestimmte einen Großteil der Unterhaltungen unter den jüngeren Männern.

»Hi, Eileen. Willst du auch los?«

Zu Joshs Vergnügen blieb Eileen dicht an ihn gelehnt stehen. Das Peebles war zwar gut mit Gästen gefüllt, so gut gefüllt nun aber auch wieder nicht. Josh konnte sich ein Grinsen nicht verkneifen.

»Ja, ab jetzt kann es schließlich nur noch bergab mit der Stimmung gehen.«

Ohne ihm direkt in die Augen zu sehen, hakte Eileen sich bei ihm unter, was Logan, der auch nach Feierabend seinen Blaumann trug, zu einer Daumen-Hoch-Geste veranlasste. Mehr amüsiert als peinlich berührt, schüttelte Josh den Kopf. Dann sah er zu, dass sie schnell den Ausgang erreichten, bevor noch einem anderen Gast ein schlauer Kommentar einfiel.

Draußen begrüßte sie der Nachtwind. Mit ihrer freien Hand zog Eileen sich die Kapuze über ihren braunen Lockenkopf, während sie ihre Wachsjacke weiterhin offen ließ. Schließlich wollte sie ihre beiden schlagenden Argumente ja nicht verstecken, nachdem es ihr auf diese Art gelungen war, seine Aufmerksamkeit zu ergattern. Eileen Rutherford verfügte nicht nur über ein berüchtigtes Mundwerk, sondern wusste auch ziemlich genau, was sie wollte. Bei dieser Erkenntnis wurde Josh etwas flau im Magen. Irgendwie ahnte er, dass das hier für Eileen nicht bloß eine Anmache war, mit der sie die Langeweile des Insellebens durchkreuzen wollte. So ein Typ war sie nicht, wenn er es recht bedachte. Schließlich bissen sich die anderen Jungs aus dem Pub regelmäßig die Zähne an ihr aus. Als er ihr seinen Arm entzog, um in seinen Parka zu schlüpfen, zog sie eine Schnute, war dann aber zu stolz, um erneut nach seinem Arm zu greifen.

»Ist dein Motorrad wirklich hinüber?«, fragte sie, als sie die Straße in Richtung Dorfrand einschlugen, wo Eileen mit ihrer alleinerziehenden Mutter, einer hochbetagten Großmutter und zwei jüngeren Geschwistern in einem der neueren Fertigbauhäuser wohnte. Josh musste noch ein ganzes Stück weiter, um zu dem alten Steinhaus zu gelangen, in dem er seine Zelte aufgeschlagen hatte.

»Nein, mir ist der Sprit ausgegangen, und ich hatte keine Lust, die Mühle bis zum Hafen zu schieben, nur um festzustellen, dass Logan bereits Feierabend gemacht hat.« Logan war nicht nur Schiffsbauer, sondern auch der hiesige Sprithändler – zumindest, wenn ihm der Sinn danach stand. Spätestens wenn das Peebles seine Pforten öffnete, war damit Schluss. »Sag bloß, du hast auch noch einen Spruch darüber auf Lager, dass mein Motorrad allein durch die mentale Kraft meines Sturkopfs zusammengehalten wird.«

Eileen lachte. »Womit ich ganz klar richtigliegen würde. Aber ich wollte eigentlich eher wissen, ob ich jetzt wohl häufiger in die Gunst deiner Begleitung komme. Ansonsten braust du ja immer davon, wenn ich mich auf den Heimweg mache. Also meinetwegen brauchst du die Kiste nicht so schnell wieder aufzutanken – es sei denn, du willst mich als Beifahrerin mitnehmen.«

Es sah ganz so aus, als hätte Logan Recht mit Eileens ernsthaftem Interesse an ihm. Ganz egal, wie locker ihr Mundwerk nämlich sein mochte, das war sehr geradeheraus gewesen. Sorgen um eine Abfuhr machte sie sich allem Anschein nach nicht. Womit sie eine typische Cragganmore-Frau war: Die wussten stets erschreckend genau, was sie wollten.

»Tja«, versuchte Josh die Situation zu entschärfen. »Das mit dem Mitnehmen hätte ich bestimmt schon längst angeboten, aber ich befürchte, mit dir hinten drauf würde die Maschine zusammenbrechen.«

Eileen blieb abrupt stehen und blickte ihn empört an.

Es dauerte einen Augenblick, bis Josh verstand, wo ihr Problem lag. Sofort hob er beschwichtigend die Hände. »Ich wollte damit keineswegs sagen, dass du zu schwer bist. Die Triumph ist wirklich alt und klapprig und hält nicht mehr viel aus. Ich meine, sie hält gerade mal mich aus.«

»Damit, dich auszuhalten, hat sie vermutlich wirklich genug zu tun, Galbraith.«

Josh nickte zustimmend, während er sich insgeheim fragte, welches Problem die bestenfalls üppige Eileen wohl mit ihrer Figur haben mochte. Gut, sie war etwas klein und dafür recht rund geraten. Aber aus männlicher Perspektive passte jedenfalls alles ausgesprochen gut zusammen.

Als sie vor Eileens Haus ankamen, wollte Josh sich rasch verabschieden, doch sie kam ihm zuvor. »Sag mal, hast du eigentlich schon einmal darüber nachgedacht, aufs Festland zu ziehen?«

»Nein, noch nie. So spannend ist es da drüben nicht«, gab Josh leicht überrumpelt zurück. »Warum fragst du mich das?«

Ein wenig verlegen nestelte Eileen an ihren Locken, die unter der Kapuze hervorlinsten. »Es ist nur … du wirkst manchmal ein bisschen verloren. Als wärst du mit deinen Gedanken ganz woanders. Vielleicht liegt es ja bloß an den aufziehenden Frühjahrsstürmen. Es heißt ja nicht umsonst, dass sie den Männern von Cragganmore Island den Kopf verdrehen.«

»Spielst du jetzt auf dieses absurde Sirenenlied an? Diese Wasserwesen, die mit dem Frühling entlang der Insel ziehen und die Männer mit ihrem Gesang ins Meer locken?«, fragte Josh schärfer als beabsichtigt. Eigentlich entsprach es nicht seiner Art, jemanden anzufahren, aber dieses Thema zerrte an seinen Nerven. Mehr als er jemanden wie Eileen einzugestehen bereit war.

Eileen wich erschrocken zurück, setzte dann aber eine trotzige Miene auf. »Ich finde nicht, dass an Legenden etwas Absurdes dran ist. Es leuchtet mir absolut ein, dass so eine Naturgewalt wie das Meer Einfluss auf den Menschen hat. Ähnlich dem ab- und zunehmenden Mond. Um diese Jahreszeit spielt das Meer verrückt, das kannst du nicht leugnen. Als ob es sich einmal komplett umdrehen muss, so wild ist es. Egal, wo man auf der Insel ist, man hört immer sein Rauschen. Manchmal denke ich, es will einen anlocken und dann verschlingen.«

»Das erklärt ja zumindest, warum es laut Mythos nur auf die Männer so eine vernichtende Anziehungskraft ausübt: Locken plus anschließendem Verschlingen ist eindeutig Frauensache. Oder, um bei der Sage zu bleiben, Sirenenjob. Jetzt begreife ich auch endlich, was es mit dem wogenden Meeresbusen auf sich hat.« Josh zeichnete mit den Händen ziemlich exakt nach, was er sich darunter vorstellte. »Aber dafür zu ertrinken, wäre reichlich albern, da es doch auch auf der Insel ausreichend Wogendes gibt.«

Eileen stemmte ihre Hände in die Hüften. »Mensch, wer hätte gedacht, dass du über so viel Grips verfügst? Da behaupte noch einmal jemand, bei Josh Galbraith reicht's nur für Gelegenheitsjobs aus.« Mit diesen Worten machte Eileen auf der Stelle kehrt und verschwand im Haus, ohne auch nur einmal über ihre Schulter zurückzublicken.

Josh biss sich kräftig auf die Zunge, um ihr nicht noch hinterherzurufen, dass es für die Männer von Cragganmore keinen Grund gebe, sich in die kühlen Arme einer Sirene zu stürzen, solange die Frauen der Insel so nette Sachen zu sagen hatten. Ihm – für seinen Teil – würden jetzt jedenfalls die Ohren klingen. Aber dann überkam ihn sofort ein schlechtes Gewissen. Es gab keine Entschuldigung dafür, dass er Eileen beleidigt hatte, nur weil sie ihm mit dem Sirenenlied gekommen war. Eigentlich war es kein Wunder, schließlich stand es jedes Jahr erneut auf der Agenda. Allerdings weder als Touristensensation noch als lockeres Pubgespräch. Die Menschen auf Cragganmore Island nahmen das Sirenenlied ernst. Genau wie Josh.

3

Nächtlicher Besuch

Als seine Mutter Enid vor drei Jahren einen Job bei einer Reederei auf dem Festland angenommen hatte, hatte Josh beschlossen, ihre gemeinsame Wohnung im Dorf aufzugeben. So bequem es auch sein mochte, dort zu wohnen, er zog sein zugiges Steinhaus inmitten der Einsamkeit tausendmal vor.

Es handelte sich um ein Black House, das er für einen kleinen Betrag von Logan gemietet hatte. Dessen Vater hatte es zuletzt bewohnt und noch Landwirtschaft betrieben, was in dieser rauen Gegend alles andere als ein Kinderspiel war. Für Josh war es eine befriedigende Aufgabe gewesen, die doppelten, von Wetter und Zeit mitgenommenen Mauern auszubessern und mit weißer Farbe zu tünchen, genau wie das Aufarbeiten des traditionellen Torfdaches. So ein Black House strahlte in seinen Augen eine feste Verankerung mit der Insel aus. Logan dagegen hatte sein Geburtshaus, das streng nach dem Rauch des Torffeuers roch, ohne Zögern gegen die modern isolierte Anliegerwohnung seines Bootshauses eingetauscht.

Joshs Zuhause lag auf einer Wiese, die sich in Richtung Landesinneres sanft aufschwang und in einem Hügel gipfelte, der auf der Meeresseite urplötzlich als Steilklippe abbrach. Dort schlugen die Wellen mit ungebrochener Kraft gegen den Felsen, während das Wasser auf Joshs Seite verhältnismäßig sanft an die Küste rollte. Wenn er morgens mit der Teetasse in der Hand an sein winziges Küchenfenster trat, sah er das Grün von Moos und Gras, durchzogen vom Grau der Felsen und dann nur noch Blau – Meer und Himmel und Wolkenspiel. Gelegentlich geriet ihm mal ein Kutter ins Bild, mehr aber nicht.

Wenn jemand nachfragte, warum ausgerechnet Josh, ein junger und eigentlich geselliger Mann, sich für ein so abseits liegendes Haus entschieden hatte, zuckte er bloß mit den Schultern. »Kostet nicht viel, und außerdem werkle ich gern an dem alten Gemäuer herum, wenn nichts anderes ansteht. Und hier auf Cragganmore steht meistens nichts anderes an.« Das stimmte zwar auch, war aber nur die halbe Wahrheit. Wie die meisten Schotten war Josh Stolz auf sein Land, aber die Liebe, die er für Cragganmore Island und das es umtanzende Meer empfand, ging viel tiefer. Für ihn gab es keinen anderen Ort auf der Welt, den er gegen diesen windumtosten Steinhaufen eingetauscht hätte.

Wie sehr er Cragganmore brauchte, war ihm in diesem auslaufenden Winter besonders deutlich geworden. Denn mit den sich ankündigenden Frühjahrsstürmen suchte ihn die Ahnung heim, dass es eigentlich das Klügste wäre, der Insel den Rücken zuzukehren. Zumindest für die Monate im Frühjahr. Nur hatte er den Gedanken daran jedes Mal sofort fallengelassen.

Der Rückweg vom Pub fiel an diesem Abend beschwerlicher aus, als Josh vermutet hatte. Der Weg zu seinem Black House war unbeleuchtet, und er hatte nicht daran gedacht, eine Taschenlampe einzustecken. Im Scheinwerferlicht seiner Triumph war ihm die Straße bestens vertraut, aber zu Fuß, vornübergebeugt gegen den Wind, sah die Sache ganz anders aus. Die Brandung erschien ihm die ganze Zeit über viel zu nah – als würden die Wellen von Mal zu Mal ein Stück näher zu seinen Füßen heranrollen, wenn er gerade nicht hinsah. Die Luft war schwer vom Salz und legte sich auf sein Gesicht, als wollte sie eine Spur auf ihm hinterlassen. Eine Kennzeichnung … Als endlich die weißgetünchten Wände seines Hauses in der Dunkelheit aufleuchteten, verspürte Josh deutliche Erleichterung. Doch erst nachdem er die Tür hinter sich zugezogen hatte, atmete er aus.

Es dauerte nicht lange, und ein Feuer brannte im Kamin, den Josh nachträglich eingebaut hatte. In einem Black House gab es eigentlich keinen Abzugsschacht, aber die Vorstellung, wie ein Stück Räucherware zu riechen, war das schlagende Argument gewesen, in dieser Hinsicht mit der Tradition zu brechen. Während sich die wohlige Wärme nach und nach ausbreitete, streifte Josh seine Kleidung ab, bis er nur noch in Jeans und T-Shirt im Wohnraum herumlief. Nach dem Vorbild von Finebirds Cottage hatte er einige Wände herausgerissen, so dass es im Haus nun eine Küche, ein Badezimmer und einen Wohnraum gab, in dem auch sein Bett hinter einem halbhohen Bücherregal stand. Doch dorthin zog es Josh noch nicht, obwohl die Müdigkeit sich bereits bleiern in seinen Knochen ausbreitete. Mit einem Wasserglas voll Whisky hockte er vor dem Plattenspieler und setzte die Nadel auf die Schallplatte auf.

Ein feines Knacken drang aus den Boxen, dann erklang

die berauschende Akkordfolge von »Ain't No Sunshine«. Neben der Triumph gehörte das Bill-Withers-Album zu den wenigen Dingen, die er aus dem Nachlass seines Vaters ausgewählt hatte.

Während Josh es sich im Ledersessel bequem machte und die Beine über eine Lehne baumeln ließ, sann er über das Musikstück nach, das sein Vater so sehr gemocht hatte. Zumindest ging er davon aus, denn in seiner Erinnerung war dieses Lied immer gelaufen, wenn Benjamin Galbraith zu Hause bei seiner Familie und nicht auf See gewesen war. Es gehörte zu einer von Joshs Lieblingsbeschäftigungen, darüber nachzudenken, was seinen Vater daran begeistert hatte. Vielleicht der Rhythmus des Stücks, dem etwas Betäubendes innewohnte? Withers' einnehmende Stimme oder vielleicht doch die Lyrics, die von der Leere erzählten, die entstand, wenn man jemanden vermisste?

Auch an diesem späten Abend kam Josh nicht hinter das Geheimnis, wahrscheinlich aus dem Grund, weil er seinen Vater nicht gut genug kennengelernt hatte, um so etwas beurteilen zu können. Er war sieben Jahre alt gewesen, als Benjamin auf See geblieben war. Das Bild, das er von ihm behalten hatte, war das eines liebevollen, aber selten anwesenden Vaters. Was für ein Mensch Benjamin gewesen war, wusste er nicht. Die Erzählungen seiner Mutter Enid halfen nicht wirklich weiter, denn sie beschränkte sich stets auf ein paar harmlose Familienanekdoten. Manchmal dachte Josh, dass auch sie Benjamin nicht sonderlich gut gekannt hatte.

Neben den harten Fakten aus Benjamins Lebenslauf war das Einzige, das Josh mit Sicherheit von seinem Vater wusste, dass er ihm sein Aussehen auf fast unheimliche Weise vererbt hatte.

»Du bist ein waschechter Galbraith-Mann«, hatte Ben seinem Sohn erklärt, »gut gewachsen, aber nicht so lang, dass dich der Wind umpusten kann. Breite Schultern und Hände, die zupacken können. Nur Masse musst du noch ordentlich ansetzen. Ein Mann, der auf den Hebriden bestehen will, muss Gewicht und nicht bloß Muskeln mitbringen.«

Gut, den letzten Punkt hatte Josh bis heute nicht erfüllt, denn obwohl er gern aß, war er mit seinen einundzwanzig Jahren zwar durchaus muskulös, aber der Fels in der Brandung, der seinem Vater vorgeschwebt sein mochte, war er bei weitem nicht. Dafür trug er das braune Haar mit dem Kastanienstich genauso kurzgeschnitten wie Benjamin auf sämtlichen Fotos. Sogar den chronischen Dreitagebart seines Vaters hatte er übernommen – wobei Benjamins wohl eher ein richtiger Seemannsbart gewesen war, der wegen seiner ausgeblichenen roten Farbe nicht sehr beeindruckend ausgesehen hatte. Bei Josh hingegen standen die Bartstoppeln, weil er oftmals schlicht zu faul zum Rasieren war.

Vor allem war er seinem Vater wie aus dem Gesicht geschnitten, was ihn mit Stolz erfüllte: die gleiche schmale Form mit den vielen Ecken und Kanten, angefangen beim gemeißelt wirkenden Nasenbein, den markanten Kieferknochen und dem aufgeworfenen Venusbogen seiner Oberlippe, der dafür sorgte, das jedermann ihm zuallererst auf den Mund sah. Männern sollte man eigentlich zuerst in die Augen blicken, fand Josh. Obwohl seine dunkelbraunen Augen auch recht ansehnlich geschnitten waren, konnten sie mit seinem Mund nicht mithalten. Mrs. McLeord aus der Bäckerei hatte sich sogar dazu hinreißen lassen, dem gerade einmal fünfzehn Jahre alten Josh einen Kuss aufzudrücken. Das war beim Hogmanay, dem Neujahresfest, gewesen, als sie zu später Stunde allein in der Küche seiner Mutter aufeinandergetroffen waren.

»Diesen Kuss nimmst du mir doch wohl nicht übel, junger Mann? Dein Mund ist einfach eine Herausforderung. Fühlt sich übrigens genauso gut an, wie es sich bei deinem Vater angefühlt hat«, hatte Mrs. McLeord ihn mit einem Blinzeln wissen lassen, ehe sie Limonade für ihren Whisky aus dem Kühlschrank geholt hatte.

Falls sie geglaubt hatte, ihm damit seinen ersten Kuss geraubt zu haben, irrte sie sich. Denn im Frühjahr davor hatte es bereits jemand ganz anderes getan, und an Abenden wie diesen fragte Josh sich, ob auch in seinem ersten Kuss eine Verbindung zwischen ihm und seinem Vater bestand. Ob sie vielleicht von der gleichen Person geküsst worden waren?

Nein, sosehr Josh auch grübelte, er kam nicht dahinter, ob Benjamin an dasselbe Frauengesicht dachte, wenn er »Ain't No Sunshine« abgespielt und dabei verloren zum Fenster hinaus aufs Meer geblickt hatte.

Vermutlich war er ohnehin besser beraten, sich selbst zu fragen, warum er seit einigen Wochen jeden Abend dieses Lied hörte. Als könnte es der Musik gelingen, eine seit Jahren unbefriedigte Sehnsucht zu mildern. Gedankenverloren schloss er die Augen und horchte in sich hinein. Dieses Jahr war etwas anders, soviel war ihm mittlerweile klar. Dieses Jahr würde seine Sehnsucht befriedigt werden, aber warum ausgerechnet jetzt?

Weil du erwachsen geworden bist, flüsterte ihm eine singende Stimme zu. Ein Mann. Das Gewicht, von dem dein Vater gesprochen hat, meinte nicht schlichte Körpermasse, sondern Persönlichkeit. Und die ist ausgereift, Joshua Galbraith.

Es war das Wasserglas, das auf den Steinplatten des Bodens zersprang und ihn weckte. Zumindest glaubte Josh das, als er aus dem Schlaf hochfuhr. Er war tatsächlich im Ledersessel eingenickt. Sein Rücken fühlte sich völlig verdreht an. Ein derber Fluch kam ihm über die Lippen, als er sich mit knirschenden Gelenken aufrichtete und ordentlich durchstreckte. Dabei versuchte er, nicht in die Glasscherben zu treten. Im Black House herrschte Finsternis, nur die Leuchtanzeige des Schallplattenspielers und die Restglut im Kamin spendeten etwas Licht.

Gut, dass das Feuer so weit heruntergebrannt ist, dachte Josh. Wenn es jetzt noch lodern würde, hätte ich vor Hitze vermutlich schon Feuer gefangen.

Das T-Shirt klebte ihm durchgeschwitzt an der Brust, so dass er es auf dem Weg zur Haustür über den Kopf zog. Frische Luft, das war es, was er dringend brauchte. Als sei er kurz vor dem Ersticken, riss er die Tür auf.

Doch es war keine Meeresbrise, die ihm entgegenschlug, sondern eine Sturmwelle, die das Black House von einem Augenblick zum anderen vollständig flutete. Josh stand stocksteif da, während das Wasser ihn umtoste, ohne ihn zu berühren. Dennoch füllte es jede Ecke des Hauses aus, während die gesamte Einrichtung von der Flut mitgerissen und bis auf die schweren Möbel unter den Giebel gespült wurde.

Doch dafür hatte Josh keinen Blick übrig. Alles, was er sah, war der Umriss einer Frauengestalt, der sich in den dunklen Wasserfluten abzeichnete und auf ihn zuschwamm. Noch verzerrt und nicht mehr als eine Ahnung, plötzlich eine Armlänge von ihm entfernt vor ihm schwebend, erfüllt von einem inneren Leuchten.

Dann erreichte ihn ihr Lied.

Es war kein Gesang, wie Menschen ihn hervorbrachten, sondern eine Zusammensetzung aus Tönen und Rhythmus, geleitet von dem Wunsch, den Ausdruck für eine Stimmung oder ein Gefühl zu finden. Dieses Lied war ein Bestandteil der Sirene – wer es einmal hörte, wusste von dem Zauber, der ihr innewohnte. Auch musste die Sirene nicht einmal ihre schönen Lippen öffnen, um es anzustimmen, denn es ging ihr voraus, gleich einem Boten, der ihre Ankunft vorbereitete. Es war auch nicht das Gehör, mit dem Josh es aufnahm. Stattdessen verdichtete es sich in seinem Inneren, füllte ihn mit einer Empfindung aus, der er kaum standhalten konnte. Ein Sehnen, das alles andere verblassen ließ. So süß und schmerzhaft zugleich, dem man sich unmöglich entziehen konnte. Das Sirenenlied entsprach der Magie des Meeres, in einem Moment sanft, im nächsten mitreißend.

Und während das Lied Josh in seinen Bann schlug, wichen die Wasserfluten beiseite und gaben den Blick auf die Sirene frei.

Die letzten sieben Jahre hatten nichts an ihrem Aussehen verändert. Vermutlich würden auch siebenhundert Jahre ihr nichts anhaben können. Die gleiche perlmuttfarbene Haut, die gleichen dunklen Augen, das gleiche lange Haar, das mal hell – wie vom Sonnenlicht geküsst – schimmerte, mal dunkel – wie vom Wasser benetzt – glänzte. Es umschlang ihre ganze Gestalt, und augenblicklich verspürte Josh das brennende Verlangen, seine Hand auszustrecken, um es zu berühren. Doch er wagte es nicht.

Sie kannte solche Zurückhaltung offenbar nicht, denn sie streckte ihre schlanke Hand nach ihm aus, zwischen deren Fingern Josh zarte Schwimmhäute zu erkennen glaubte. Sie strich über seine nackte Brust ... und doch tat sie es nicht. Zwischen ihrer Berührung und Joshs Haut war eine unsichtbare Schutzmauer. Sie vermochte ihn ebenso wenig zu berühren wie das Wasser, das ihre Vorhut gewesen war.

Traurigkeit breitete sich in ihren Augen aus, aber auch eine Einsamkeit, in der er sich wiedererkannte.

»Warum rufst du mich nicht zu dir, erwartest du mich denn nicht, trotz all der Zeichen, die ich dir geschickt habe? Sehnst du dich denn nicht mit der gleichen quälenden Intensität wie ich nach einem Kuss?«, fragte sie ihn mit ihrer Stimme, die lieblicher und verlockender klang als jede menschliche Frauenstimme.

Die Antwort brannte Josh auf den Lippen, aber er hatte nicht den Mut, sie zu öffnen. Zu sehr befürchtete er, dass er etwas Falsches sagen könnte. Dass er sie entgegen seiner tiefsten Überzeugung zu sich rief, anstatt sie abzuweisen. Weil er sich tatsächlich danach sehnte, noch einmal von ihr berührt zu werden, ihre kühlen Lippen auf seinen zu spüren und in der Magie ihrer Stimme zu versinken. So weit würde er es jedoch niemals wieder kommen lassen. Es war ihm einmal zugestanden worden, sich aus ihren Armen zu befreien. Er vertraute nicht auf sein Glück, dass sie ihn ein zweites Mal verschonen würde.

»Joshua Galbraith, wir wissen beide, dass es an der Zeit ist. So lange habe ich mich geduldet. Wenn mich die Stürme nun in diese Gewässer führen, werde ich nicht an deinen Ufern vorbeiziehen, denn dieses Mal werden wir zueinanderfinden. Alles, was ich mir wünsche, ist deinen Ruf zu vernehmen, als Beweis dafür, dass du dich genauso sehr nach mir verzehrst wie ich nach dir. Anders kann es doch gar nicht sein ...« In ihren großen, endlos tiefen Augen leuchtete Verzweiflung auf.

Obwohl es ihn seine ganze Kraft kostete, senkte Josh den Kopf, um nicht länger ihren Blick erwidern zu müssen. Gleich ... gleich würde es vorbei sein, darauf musste er vertrauen. Der Bann ihres Liedes würde verblassen, ihr wunderschönes Antlitz hinter den Wassermassen verschwinden. Nicht nachdenken, nicht fühlen, einfach nur ausharren. Alles andere wäre sein Verderben.

»Du weißt, dass du mir gehörst. Deshalb werde ich zu dir kommen, selbst wenn du meinen Ruf unbeantwortet verklingen lässt«, fuhr sie fort.

Langsam drehte Josh sich um und ging zurück ins Haus, wobei seine Beine ihm beinahe den Dienst versagten, weil der Widerstand des Wassers so groß war. Zumindest redete er sich das ein, denn dass ein Teil von ihm solch einen Widerstand leistete, konnte er sich nicht eingestehen.

Hinter ihm stieß die Sirene einen leisen Schmerzensschrei aus, der jedoch ausreichte, um das Wasser in helle Aufruhr zu versetzen. Einer Woge gleich fuhr es im Inneren des Hauses umher, wirbelte alles durcheinander, und auch wenn es Josh nicht berühren konnte, so riss es ihn doch mit in seine Schwärze.

Es war das Aufschlagen des Wasserglases auf die Steinplatten, das Josh aus dem Schlaf riss. Ungläubig richtete er sich in dem Ledersessel auf, in dem er offensichtlich eingeschlafen war.

Im Black House herrschte Dunkelheit, nur die Leuchtanzeige des Schallplattenspielers spendete fahles Licht.

Die Klamotten klebten an Josh wie eine zweite Haut, so durchgeschwitzt waren sie. Sein Herz schlug wild, und er verspürte das Verlangen, aus dem Haus zu rennen, hinüber zum Meer, um sich in ihm abzukühlen. Stattdessen streifte er lediglich seine Kleidung ab, verkroch sich unter der Bettdecke und hoffte darauf, dass der Morgen rasch kommen möge.

4

Salz auf der Haut

Als Josh aufwachte, weigerte er sich, sofort seine Augen aufzuschlagen, wie er es für gewöhnlich tat. Er traute seiner Wahrnehmung nicht mehr über den Weg. War wirklich ein neuer Tag angebrochen, wie es der helle Schein, der durch seine Lider drang, vorgab? Oder war es ein weiterer Traum, dem ihm die Sirene schickte?

Unentschlossen vergrub er sein Gesicht im feuchtwarmen Kissen und lauschte in sich hinein. Eigentlich fühlte sich alles sehr echt an, vom ausgetrockneten Mund über die verspannten Schultern bis hin zu der pochenden Erektion, auf der er lag. Und solche Träume schickte die Sirene nicht, da war er sich sicher. Wenn sie die Macht über seine Träume an sich riss, um ihm einen Gruß zu senden, dann stand sie im Zentrum und schürte sein Verlangen. Nein, im Moment gab es da nur dieses rein körperliche Bedürfnis, das es nicht einmal für nötig hielt, ihm ein paar interessante Bilder vorzugaukeln, damit er ihm nachgab.

Ein wenig missmutig verlagerte Josh das Gewicht und

schob eine Hand unter seinen noch schlafschweren Körper, um sich Abhilfe zu verschaffen.

Gerade als er zu dem Entschluss kam, dass es keine schlechte Idee gewesen war, nicht sofort aufzustehen, ging die Haustür mit einem Knarren auf.

»Guten Morgen«, erklang Eileens Stimme.

Ein Keuchen unterdrückend, biss Josh ins Bettzeug und verfluchte die hiesige Sitte, die Türen nicht abzuschließen. Die elende Gastfreundschaft konnte einem Mann das Leben verdammt schwermachen.

»Josh? Wo steckst du denn?«

Schritte ertönten auf den Steinplatten, dann hörte er ein verhaltenes »Oh, da bist du«.

Langsam drehte Josh sich in dem von der Nacht nassgeschwitzten Bettzeug um, darauf bedacht, die Decke mit den Knien ein Stück anzuheben, damit sie keine peinlichen Details preisgab. Sein schnell gehender Atem war schon verräterisch genug. Dann stützte er sich auf die Ellbogen und schenkte der jungen Frau, die über das Bücherregal vor seinem Bett linste, ein aufgesetztes Lächeln.

»Guten Morgen, Eileen. Komm ruhig rein und fühl dich wie zu Hause.«

Obwohl Eileen bereits errötet war, verfärbte sich ihr Gesicht binnen einer Sekunde noch mehr. »Tut mir leid, wenn ich dich störe, aber ich bin einfach nicht davon ausgegangen, dass du am Vormittag noch im Bett liegst«, rechtfertigte sie sich mit einem trotzigen Zug um ihre Lippen. »Ich ... nun ja. Ich habe dir Pfannkuchen mitgebracht. Wegen gestern Abend ...«

Der Satz blieb unvollendet im Raum stehen, während Eileens Blick an seiner nackten Brust hängenblieb, als wäre sie das Faszinierendste, das sie jemals zu sehen bekommen hatte. Sie reagierte auch nicht, als Josh ob ihrer Gebanntheit die Augenbrauen hochzog und hüstelte.

»Erde an Eileen. Warum gehst du nicht einfach in die Küche und machst Kaffee, dann kann ich mich in der Zwischenzeit ...«

»Schieb mal die Decke beiseite«, forderte Eileen ihn auf, als hätte keins seiner Worte sie erreicht.

»Das halte ich für keine gute Idee.« Josh hielt inne und übersprang die zottige Anspielung, die ihm auf der Zunge lag. »Hör mal, ist alles in Ordnung?«

Eileen schüttelte leicht benommen den Kopf. »Die Frage müsste wohl eher lauten: Ist bei dir alles in Ordnung? Das ganze Salz auf deiner Haut ... Hast du etwa bei diesen Temperaturen ein nächtliches Bad genommen?«

Verblüfft hob Josh den Kopf, dann nahm er seinen Oberkörper in Augenschein, der tatsächlich mit einer kristallinen Schicht überzogen war. Die Spur feiner Haare, die auf seinem Bauch begann, war sogar von einem weißen Pulver verkrustet. Mit einem Fluch auf den Lippen warf er die Decke fort und stellte fest, dass nicht nur sein ganzer Körper von dem Salzfilm überzogen, sondern auch sein Bettzeug klamm von Meerwasser war – und nicht verschwitzt. Als wäre er klitschnass nach einem Bad in der spätwinterlichen See ins Bett gestiegen. Nur hätte nicht einmal das die Salzablagerungen auf seiner Haut erklärt.

»Josh, was hast du getan?« Eileen schien jeden Moment in Tränen auszubrechen.

Mit einer ruppigen Bewegung rieb Josh sich die Augen, die sogleich wegen des Salzes zu brennen begannen. »Geh bitte in die Küche. Ich muss zusehen, dass ich das Zeug von der Haut bekomme, okay?«

Eileen verzog das Gesicht, als würde sie etwas erwidern

wollen, aber sein Ton war wohl doch zu entschieden ausgefallen, denn sie drehte sich wortlos um und verschwand in Richtung Küche.

Seine Knie bereiteten ihm auf dem Weg ins Badezimmer einige Schwierigkeiten, genau wie seine zitternden Finger, denen es schwerfiel, eine Wassertemperatur zwischen brühend heiß und eiskalt auszuloten. Kurzerhand nahm er eine kalte Dusche, doch das eisige Wasser verfehlte seine Wirkung. Stattdessen ging es mit dem Salz eine geheimnisvolle Verbindung ein, denn seine Haut glühte auf, als würde sie von unzähligen Händen und Zungenspitzen liebkost.

»Gott verdamm mich«, japste Josh auf und stützte sich mit den Unterarmen gegen die Wand.

Es kostete ihn enorme Willenskraft, sich nicht in der Lust zu verlieren, sondern seine körperlichen Reaktionen so lange auszublenden, bis das Salz und mit ihm der Zauber von seiner Haut gespült worden war. Mit einigem Widerwillen trocknete er sich ab, denn noch immer jagte ihm jede Berührung einen prickelnden Schauer durch sein Nervengeflecht. Er wusste zwar noch nicht, wie, aber jemand würde ihm dafür büßen. Er war kein unschuldiger Junge mehr, der nicht wusste, wie ihm geschah. Er traf seine eigenen Entscheidungen und würde es zu verhindern wissen, dass sein Wille einfach so manipuliert wurde. Aber jetzt musste er erst einmal diesen quälenden Drang unter Kontrolle bekommen, bevor er Eileen entgegentrat. Sonst konnte er für nichts garantieren.

5

Alte Geschichten

Eileen hatte es inzwischen aufgegeben, ihre Nervosität in den Griff zu bekommen. Schließlich war sie bereits ein Nervenbündel gewesen, als sie ihr Zuhause mit einem Teller Pfannkuchen verlassen hatte. Nein, noch eher, nämlich als Josh Galbraith ihr mitten in der Nacht ein paar Unverschämtheiten an den Kopf geworfen hatte, um sie abzuschütteln. Dass es ihm darum gegangen war, das Gespräch über das Sirenenlied notfalls mit verbaler Gewalt zu beenden, war ihr erst klargeworden, nachdem sie sich stundenlang im Bett hin und her gewälzt hatte – mal mit Verwünschungen auf den Lippen, mal mit dicken Tränen in den Augen. Jetzt verstand sie, dass er nicht darauf abgezielt hatte, sie vorzuführen oder gar zu verletzen – so ein Verhalten hätte Josh auch gar nicht ähnlich gesehen. Nein, er hatte sie derart heftig angefahren, weil sie einen wunden Punkt getroffen hatte. Und damit hatte sie schlicht nicht gerechnet.

Eileen war zwar auf Cragganmore Island geboren, aber

auf dem Festland aufgewachsen. Erst vor ein paar Jahren war sie mit ihrer Familie auf die Insel zurückgekehrt, da ihre Großmutter sich nicht länger selbst versorgen konnte und ihre Mutter gerade mal wieder einen Job verloren hatte. Aber auch sie kannte die Geschichte von den Sirenen, die jedes Jahr mit den Frühjahrsstürmen an der schottischen Küste vorbeistreiften und ihr verführerisches Lied sangen, das für die Männer der Hebriden ein tödliches Ende nehmen konnte. Allerdings galten die Sirenen deshalb noch lange nicht als schöne Ungeheuer, denn der Tod, den sie brachten, war über alle Maßen süß. Und welcher Mann wurde nicht schwach bei der Vorstellung, in einem Meer aus reiner Lust zu ertrinken? Die meisten jungen Frauen, die Eileen kannte, schüttelten darüber spöttisch den Kopf und wurden ausgesprochen schnippisch, wenn das Gespräch auf das Sirenenlied kam. Doch in die Gesichter der Älteren, wie etwa bei ihrer Großmutter, schlich sich Unsicherheit, bei einigen Fischerfrauen sogar Angst.

Für gewöhnlich gehörte Eileen ebenfalls zu denjenigen, die eine bissige Bemerkung auf der Zunge hatten, wenn die Frühjahrsstürme Cragganmore Island umtosten, als wollten sie es in die Tiefe reißen. »Es ist ja nicht so, als wären die Sirenen allein daran schuld, dass die Burschen völlig von Sinnen absaufen, weil sie ein Lied gehört haben und deshalb unbedingt ins Meer springen müssen. Denn wenn es den Kerlen gelingt, bei dem Höllenlärm, den jeder Sturm veranstaltet, lockenden Gesang zu hören, müssen sie schon schwer motiviert gewesen sein.«

Solche Sprüche wollten ihr mittlerweile nicht mehr gelingen. Dafür stand Josh Galbraith, auf den sie schon seit einiger Zeit ein Auge geworfen hatte, eindeutig zu sehr neben der Spur.

Bevor Josh in die Küche trat, die außer der Küchenzeile auch einen Esstisch Marke Eigenbau beherbergte, kündigte ihn sein entschlossener Schritt an. Jetzt heißt es Zähne zusammenbeißen, feuerte Eileen sich an. Sonst stehe ich gleich draußen vor der Tür.

»Also«, setzte Josh an, sobald er die Küche erreicht hatte. »Das mit den Pfannkuchen ist eine wirklich supernette Idee, da freue ich mich wirklich drauf. Und es tut mir ehrlich leid, was ich gestern Nacht über wogende Dinge gesagt habe. Das habe ich nicht so gemeint, jedenfalls nicht abfällig«, fügte er nach einem Blick auf Eileens enges T-Shirt hinzu. »Aber ich habe total verpennt und muss jetzt los. Logan wartet bestimmt schon auf mich.«

»Das glaube ich nicht«, erwiderte Eileen, während sie sich demonstrativ auf einen der Holzstühle setzte und auf den frisch eingeschenkten Kaffee deutete. »Logan hat sich heute Morgen mit meiner Mutter zu einer gemeinsamen Fährfahrt verabredet, weil er drüben einiges zu erledigen hat. Oder lässt er dich seit neuestem etwa auch ohne Aufsicht an seinen Kindern herumwerkeln?«

So, da hatte sie ihn eiskalt erwischt.

Stumm schüttelte Josh den Kopf, dann setzte er sich ebenfalls an den Küchentisch und starrte stur zum Fenster hinaus.

»Das mit den wogenden Dingen ...«, fing Eileen vorsichtig an.

»Es tut mir wirklich leid«, wiederholte Josh.

»Ich habe darüber nachgedacht, warum dich das Thema so reizt. Du bist doch sonst niemand, der leichtfertig einen Streit vom Zaun bricht.«

»Echt, ist das so? Ich wusste gar nicht, dass wir uns so gut kennen.«

Er warf ihr einen wütend funkelnden Blick zu, wie Eileen mit einem Kloß im Hals feststellte. Doch so schnell wollte sie nicht klein beigeben.

»Nun ja, so gut wie man sich eben kennt, wenn man auf einer Insel mit nicht einmal fünfzig Einwohnern und ein paar verirrten Touristen lebt. Irgendetwas stimmt nicht mit dir, wenn es aufs Frühjahr zugeht. Und das jedes Jahr, obwohl es dieses Mal besonders schlimm zu sein scheint. Schließlich haben die Stürme ja noch nicht einmal richtig begonnen. Das ist nicht nur mir aufgefallen, wenn du es wissen willst.«

»Ach, lass mich raten: Wirtin Mary teilt deine Beobachtung. Vor allem nach drei Pints und zwei Whiskys auf Kosten des eigenen Hauses.«

Eileen gestand sich ein, dass sie sich in eine Sackgasse befördert hatte. Mit einem aufmunternden Nicken deutete sie auf die dampfende Kaffeetasse und den Teller mit Pfannkuchen. Josh sah sie scharf an, als erwarte er, dass sie gleich mit der nächsten Runde des unerfreulichen Dorfklatsches loslegen würde. Dann zuckte er mit den Schultern und griff zu.

Obwohl ihr das Herz dröhnend gegen die Rippen schlug, gönnte Eileen sich einen Moment, ihn zu betrachten. Was sein Äußeres anbelangte, so war Josh Galbraith ein ordentlicher Fang, besonders wenn man braunrotes Zottelhaar und Kusslippen mochte. Darüber hinaus verfügte er über eine angenehme Männerstimme und wurde ausgesprochen süß, wenn er im Peebles zu tief ins Glas geschaut hatte. Eileen fielen noch mehr Dinge ein, die Josh in ihren Augen auszeichneten, aber sie war sich durchaus bewusst, dass es mit der vielen Zeit zusammenhing, die sie damit verbracht hatte, ihn zu beobachten. Das war ausgesprochen einfach gewesen, er schaute nämlich bedauerlicherweise selten in ihre Richtung – enges T-Shirt hin oder her. Nicht, dass er kein Interesse an Frauen hegte, denn wie gesagt: Mit ein paar Drinks intus konnte er sehr süß werden, wie einige Damen aus dem Dorf ohne Zögern bestätigten. Eileen hatte sich bislang noch nicht selbst davon überzeugt, weil ihre Absichten ernsthafter Natur waren. Wenn sie diesen Kerl küsste, dann würde das etwas zu bedeuten haben, so sah das aus. Nur kam es nie auch nur ansatzweise so weit, denn Josh zog in der Regel seine unzähligen Nebenjobs und die Einsamkeit seines Hauses der weiblichen Gesellschaft vor.

»Schmecken gut, die Pfannkuchen«, ließ Josh sie nach einiger Zeit wissen, nachdem der hohe Zuckeranteil ihn besänftigt hatte. »Das mit dem Besuch ist ja eine schöne Sache, aber solltest du nicht eigentlich bei MacMillian's im Laden stehen und den Tageseintopf verkaufen?«

»Donnerstag ist mein freier Tag. Genau wie der Freitag und gelegentlich auch der Samstag. Ist ja nicht so, als käme man in diesem Kaff vor Arbeit um«, erklärte Eileen.

Als sie aufstehen und die Kaffeekanne vom Herd holen wollte, kam Josh ihr zuvor.

»Du wirst es nicht glauben, aber ich habe doch noch einen Funken Anstand in mir. Wenn die eigenen Gäste anfangen, einen zu bedienen, sollte einen eigentlich der Blitz treffen. Das hat mir jedenfalls meine Mutter beigebracht.«

Während er sich herüberbeugte, um ihr Kaffee nachzuschenken, schnupperte Eileen an ihm, doch sie konnte nichts wahrnehmen, das nach Meer roch. Nur Seife und einen Hauch von Mann. Ob seine Haut wohl noch nach Salz schmeckt?, fragte sie sich. Ich würde zu gern einmal probieren ... oder noch besser: persönlich der Grund dafür sein, dass sie verschwitzt und salzig ist. Augenblicklich schoss ihr das Blut in ihre ohnehin stets leicht geröteten Wangen.

»Ist der Kaffee zu heiß?« Josh nahm einen prüfenden Schluck aus seiner Tasse.

Eileens Lippen bewegten sich, ohne dass sie etwas Gescheites herausbrachte. »Nein, es ist nur ... ich dachte gerade ... warum bist du letzte Nacht im Meer schwimmen gewesen? Das ist doch viel zu kalt.«

Für einen kurzen Moment kämpfte Josh damit, seinen Kaffee nicht quer über den Tisch zu spucken. Dann schluckte er betont langsam, legte beide Hände flach vor sich auf den Tisch und musterte Eileen eindringlich, bis sie auf dem Stuhl herumzurutschen begann.

»Mit genug Whisky im Magen kann man, so wie es aussieht, einfach alles«, sagte er schließlich mit einem Gesichtsausdruck, der Eileen wohl zu verstehen geben sollte, dass sie seine Antwort besser nicht infrage stellte.

Nur konnte Eileen leider nicht anders. »Wenn Whisky ausreichen würde, um splitternackt in den eisigen Atlantik zu springen, dann würden das die Kerle im Peebles ständig machen. Josh, willst du mir nicht erzählen, was wirklich mit dir los ist, dass du so schräge Nummern abziehst?«

»Die paar Minuten, wo es mit uns beiden einfach nur gemütlich war, sind dir wohl zu lang vorgekommen?«

Da war er wieder, sein gereizter Ton. Eileen hätte ihr klägliches Monatsgehalt darauf gesetzt, dass er sie gleich vor den Kopf stoßen würde, damit sie ihn nicht weiter in die Ecke drängen konnte. »Es geht mir doch bloß darum, dass ich mir Sorgen um dich mache. Du wirkst so abwesend, als wäre ein Teil von dir ganz woanders.«

»Damit meinst du scheinbar: nicht bei dir. Habe ich irgendwas verpasst zwischen uns? Ich weiß, wenn ich zu viel getrunken habe, dann ...«

»Nun mach mal halblang, Galbraith«, schleuderte ihm Eileen hitziger entgegen, als sie vorgehabt hatte. »Wenn du jetzt wieder eklig wirst, um mich auf Abstand zu halten, ist damit auch niemandem geholfen.«

»Du möchtest also gern den Abstand zwischen uns überwinden. Tut mir leid, aber mein Bett ist noch klatschnass von meiner nächtlichen Schwimmaktion. Also ein anderes Mal, ja?« Josh war aufgestanden und stützte sich nun mit den Fingerknöcheln auf die Tischplatte ab, wobei er sich bedrohlich weit vorlehnte.

Eileen war durchaus beeindruckt, aber keineswegs bereit, den Kopf einzuziehen. »Wenn mir der Sinn danach stünde, hätte ich auch nichts gegen deinen Küchentisch einzuwenden. Aber darum geht es mir jetzt nicht, sondern darum, was mit dir los ist. Deine ganze aufbrausende Art bestärkt doch nur meinen Verdacht, dass etwas komplett verkehrt läuft. Hängt es mit dem Todestag deines Vaters zusammen?« Nun war er raus, der Verdacht, der Eileen schon die ganze Zeit auf der Seele lastete.

Mit einem Schlag sank Josh auf seinen Stuhl zurück, sogar das angriffslustige Blitzen verschwand aus seinen Augen. »Was willst du eigentlich, Rutherford?«, brachte er heiser hervor.

Ungeachtet der Tatsache, dass diese Frage alles andere als einladend formuliert war, umrundete Eileen den Tisch und ging neben Josh in die Hocke. Vorsichtig griff sie nach seiner Hand, die sich ein wenig rau und vor allem kühl anfühlte. Als hätte die Erwähnung seines Vaters auf ihn wie ein kaltes Bad gewirkt. Unter seinen Fingernägeln glaubte sie noch einen Rest von Salz zu entdecken.

»Ich habe davon gehört, dass dein Vater während eines Sturms über Bord gegangen ist, auch wenn ich damals noch nicht hier gelebt habe.« Eileen sprach behutsam, wie mit einem verängstigten Kind. »Es erzählen noch immer alle davon, dass es in jenem Frühjahr besonders stürmisch war. Aber diesen schlimmen Sturm hatte trotzdem niemand vorhergesehen. Eben noch sei es vollkommen windstill gewesen, dann sei ein Unwetter losgebrochen, als wäre es das Ende der Welt. Es muss schwer sein, wenn der Vater im Meer ertrinkt und die Frühjahrsstürme einen jedes Jahr erneut daran erinnern.«

Zunächst schien Josh seine Hand wegziehen zu wollen, aber dann ließ er sie doch in ihrer, bis seine Finger sogar wieder ein wenig Wärme annahmen.

»Zu sagen, dass mein Vater ertrunken ist, ist nicht ganz richtig«, sagte er leise. »Niemand weiß es, denn seine Leiche wurde nie gefunden. Er ist verschollen. Aber das weißt du ja bestimmt auch. Dieser Umstand war für die alten Klatschbasen des Dorfes ja das reinste Geschenk. Vermutlich zerreißen sie sich jedes Mal das Maul darüber, was Benjamin Galbraith widerfahren ist, sobald ich den Pub verlasse. Du weißt, wovon ich rede, oder?«

»Ja, es heißt, die Sirenen hätten deinen Vater mit ihrem Gesang in ihr Reich gelockt. Und von dort gibt es kein Entrinnen. Deshalb habe man seinen Körper nicht gefunden. Er kannte das Losungswort, mit dem man ihr Reich betreten kann. Er war genau die Sorte Mann, nach der sie suchen.«

»Wie klingt diese Erklärung in deinen Ohren? Nach einem Märchen oder ...«, Josh deutete mit dem Kinn zum Fenster hinaus, durch das man vom Tisch aus nur das Meer sehen konnte. »Oder glaubst du, dass an Märchen durchaus auch etwas Wahres dran sein kann?«

»In jedem Märchen steckt ein Funken Wahrheit«, entgegnete Eileen, ohne nachzudenken.

Ein trauriges Lächeln stahl sich auf Joshs Gesicht. »Wenn du hier aufgewachsen wärst, wärst du vorsichtiger mit solchen Eingeständnissen. Es heißt nämlich, wer an Sirenen glaubt, der ruft sie auch. Und wer sie ruft, hört ihren Gesang. Ich kann mir nicht vorstellen, dass du das möchtest, Eileen.«

»Nein, dass möchte ich ganz bestimmt nicht. Aber ich würde auch nicht zulassen, dass jemand anderes ihrem Gesang folgt. Cragganmores Männer gehören dem Land, nicht dem Meer.«

Josh stieß ein Lachen aus, das mehr wie ein Schmerzenslaut klang. Dann sah er sie prüfend an. In seinem dunklen Wimpernkranz glitzerten Kristalle, kaum sichtbar, aber sie entgingen Eileen nicht. Zeugnisse des Meeres, sehr fein nur, aber es reichte aus, dass sie da waren.

»Cragganmores Männer gehören dem Land«, wiederholte Josh nachdenklich ihre Worte. »So etwas ist leicht gesagt.«

»Mag sein, aber mir ist es ernst.« So abwegig dieses vertraute Gespräch vor ein paar Minuten noch gewirkt haben mochte, jetzt war es von einer Intensität, die Eileen alles andere vergessen ließ. »Versprichst du mir, dass du nicht wieder im Meer schwimmen gehst, auch wenn du noch so viel getrunken hast?«

»Und was ist, wenn ich dir sage, dass ich gar nicht schwimmen war?«

»Aber das Salz auf deiner Haut ...«, setzte Eileen verwirrt an.

»Vielleicht muss ich ja gar nicht ins Meer gehen, damit die Sirenen mich in die Arme schließen können. Du weißt schon: Weil ich auch ein Mann von der Sorte bin, nach der sie suchen. Und einer Sirene stellt man sich besser nicht in den Weg, wenn ich mich nicht irre. Willst du trotzdem bei mir sein?« Joshs Stimme war nicht mehr als ein Flüstern.

»Ja.« Eileen brauchte nicht eine Sekunde lang nachzudenken, so natürlich kam ihr die Antwort über die Lippen. Das war es, was sie wollte: bei Josh sein. Das Geständnis fühlte sich richtig an, richtiger als alles andere in ihrem Leben.

Doch kaum war das Wort ausgesprochen, breitete sich eine bislang nicht gekannte Furcht in ihr aus, als würde sie in einen schwarzen Abgrund blicken – ausgelöst von etwas, das sie nicht zu fassen bekam. Eine Art unsichtbare Macht. Plötzlich schien sie mit der Berührung von Joshs Hand eine Grenze zu überschreiten und fremdes Land zu betreten, auf dem sie nicht willkommen war. Nein, kein Land, sondern ein düsteres Wasserreich. »Er gehört mir«, glaubte Eileen eine singende Stimme zu hören, während ihre Atmung mit einem Mal so schwer ging, als lastete ein großer Druck auf ihren Lungen – wie in tiefen Gewässern.

»Es ist sehr niedlich von dir, dass du meine Retterin spielen willst.« Es sollte vermutlich lässig klingen, aber der ernste Zug auf Joshs Gesicht verriet, dass ihm die Situation ausgesprochen nahe ging. Mit der freien Hand umfasste er ihr Kinn, damit sie seinem Blick nicht ausweichen konnte. »Ich befürchte nur, dass du dich damit ein wenig übernimmst. Überlass die Sache mir, schließlich zerbreche ich mir schon seit dem Verschwinden meines Vaters den Kopf darüber. Obwohl ich zugeben muss, dass ich dabei bislang keinen einzigen verfluchten Schritt weitergekommen bin. Eine Sirene zu fassen, scheint unmöglich. Die Sogkraft ihres Liedes ist zu stark, sie reißt jeden klaren Gedanken in einen Strudel. Ich kann ihr nicht entkommen, aber ich kann mich auch nicht gegen sie stellen. Trotzdem werde ich es versuchen, verstehst du?«

Eileen nickte, obwohl sich die Gedanken in ihrem Kopf überschlugen. Ja, sie verstand sehr wohl, dass Josh kurz davorstand, sich selbst zu verlieren. Das konnte sie entweder akzeptieren, wenn ihre Angst vor dem Abgrund, der sich auftat, zu groß war – oder sie konnte ihm einen Halt in diesem Sturm bieten.

Auf jede einzelne Bewegung bedacht, näherte Eileen sich Joshs Mund, der auf so betörende Art geschwungen war. Sie wollte ihm nur einen ganz leichten Kuss aufdrücken. Das Versprechen, dass sie ihm beistehen würde, wenn die Flut kam. Doch in dem Moment als ihre Lippen seine berührten, füllte sich ihr Mund schlagartig mit eisigem Salzwasser, das ihre Kehle hinabrann und mit einem Brennen in die Nase schoss.

»Er gehört mir«, erklang abermals die singende Stimme wie aus weiter Ferne.

Panisch versuchte Eileen einzuatmen, doch anstelle von Luft war da nur Meerwasser. Sie ertrank!

»Ich sagte doch, er ist mein.«

Voller Verzweiflung öffnete Eileen den Mund, aber das Wasser lief nicht hinaus. Stattdessen wurde es immer mehr, drang immer tiefer in ihre Kehle. Druck entstand hinter ihren Schläfen, umhertanzende schwarze Flecken nahmen ihr die Sicht. Sie brauchte Luft, jetzt!

Benommen taumelte Eileen zurück und ließ Joshs Hand los, als hätte sie sich an ihr verbrannt.

Dann plötzlich, genauso unvermittelt wie das Wasser in ihren Mund eingedrungen war, verschwand es und ließ eine erschöpft nach Luft ringende Eileen zurück. Sie hörte, wie Josh zu ihr sprach, sah, wie er nach ihr greifen wollte, doch sie wies ihn mit der Hand an, sich von ihr fernzuhalten. Auf keinen Fall wollte sie noch einmal in den Bann geraten, der ihn umgab.

Fast wäre ich ertrunken, schoss es Eileen durch den Kopf. Einfach so, mitten auf dem Land.

6

Hinter dem Blau

Es ging bereits auf den späten Nachmittag zu, als Josh seine widerwillig röhrende Triumph die Steilklippe hochzwang. Immer wieder brachte der böige Wind sie aus dem Gleichgewicht, und einige der unfreiwilligen Schlenker wären beinahe schlecht ausgegangen. Doch Josh hielt sich – zum einen war er es gewohnt, gegen den stets herrschenden Wind anzufahren, zum anderen war er heute besonders motiviert.

Kaum hatte er Finebirds Cottage erreicht, sprang er von der Maschine und lehnte sie kurzerhand gegen die Hauswand. Mit raschen Schritten eilte er ins Innere, wobei er sich nicht die Mühe machte, nach Finebird zu rufen. Der alte Mann war zweifelsohne schon auf seinem geheiligten Nachmittagsspaziergang unterwegs, außerdem ging es ihm sowieso nicht um einen freundschaftlichen Plausch.

Während Josh das Blut in den Ohren dröhnte, lief er zwischen den aufgestellten Leinwänden umher wie ein Gefangener in einem blauen Labyrinth. Einige der Bilder standen kurz vor der Vollendung, auf anderen waren nur ein paar Farbstriche aufgetragen. Nur das Bild, nach dem Josh suchte, jenes Bild, durch das die Sirene sich ihm genähert hatte, war nirgends zu finden. Mawhiney hatte es also bereits abgeholt, verflucht.

Was sollte er jetzt tun? Ohne große Hoffnung stellte er sich vor eines der fast fertigen Gemälde, das einen unheilvollen Wasserwirbel zeigte, wie es sie unten an den Steilklippen gab. Dem Motiv haftete etwas Lebendiges an, als wolle das Meer einen verschlingen. Aber es verschlang Josh nicht, und es tauchte auch keine Silhouette am Grund auf.

Josh streckte die Hand aus, und als er die klebrige Farbe berührte, musste er grinsen. Na, was hast du denn erwartet, du Irrer? Dass deine Hand ins kühle Nass eintaucht?

»So funktioniert das nicht«, erklang Finebirds heisere Stimme hinter ihm. »Um meinen Bildern auf den Grund zu gehen, brauchst du sie nicht zu betatschen, mein Junge. Hinschauen reicht in der Regel vollkommen aus.«

Josh fuhr herum und kratzte sich verlegen am Hinterkopf. »Scheint tatsächlich nicht zu funktionieren. Tut mir leid, falls ich was verschmiert habe. Ich habe eben keine Ahnung von Kunst.«

»Ach, ging es hierbei um Kunst?«

Leise vor sich hin brummend, deutete Finebird auf den Küchentisch, an den Josh sich mit einem Anflug von Nervosität setzte. Mit zwei Gläsern und einer etikettlosen Flasche, die mit bernsteinfarbener Flüssigkeit gefüllt war, gesellte sich der alte Maler zu ihm.

»Ist ein bisschen spät für einen Besuch auf der Steilkippe, möchte ich meinen. Nicht mehr lange und draußen ist es zappenduster.« Ohne zu fragen, schenkte Finebird die Gläser voll und schob eins davon Josh zu.

Josh starrte das Glas an. »Ich bin mir nicht sicher, ob ein Magen voller unverdünntem Whisky die Rückfahrt unbedingt erleichtert.«

»Erstens ist das kein Whisky, sondern Medizin für deine angeschlagenen Nerven. Zweitens lasse ich dich heute ganz bestimmt nicht mehr zurückfahren. Bei dem Sturm und der Dunkelheit würdest du dir das Genick brechen. Irgendwo in diesem Haus liegen ein paar Decken rum, mehr braucht so ein robuster Bursche wie du nicht für ein Nachtlager. Wir haben also ausreichend Zeit, der Sache auf den Grund zu gehen, die dir auf der Seele lastet.«

»Aha«, murmelte Josh, der unschlüssig das Glas in den Händen hielt.

Die Vorstellung, sich jemandem anzuvertrauen, war äußerst verlockend, nachdem er in den letzten Jahren alles mit sich allein ausgemacht hatte. Aber er hatte damit erst vor wenigen Stunden bei Eileen Schiffbruch erlitten. Zwar sah es für einen Moment lang tatsächlich so aus, als hätte er in der jungen Frau mit dem Lockenkopf eine Vertraute gefunden, die ihm aus dieser auswegslosen Situation helfen konnte. Und seit dem letzten Besuch der Sirene war ihm klargeworden, dass es ihm nicht auf eigene Faust gelingen würde. Wenn sie allein über seine Träume so viel Macht ausüben konnte, wie würde es dann erst sein, sobald sie ihm leibhaftig gegenüberstand? Doch Eileen hatte sich derart unvermittelt und mit einer Heftigkeit von ihm abgewandt, die ihn immer noch schlucken ließ. Nicht, dass er ihr diese Reaktion übelnahm. Es gab schließlich keinen vernünftigen Grund, warum sie ihm helfen sollte. Oder warum sie ihm überhaupt glauben sollte.

Nachdem Eileen kreidebleich sein Haus verlassen hatte, als sei sie auf der Flucht, war er wortlos dagestanden, ohne eine Idee, wie er mit dieser Zurückweisung umgehen sollte, hatte sie ihn doch gerade erst fast geküsst. Eine Frau zu verstehen, war allem Anschein nach mindestens so unmöglich, wie sich den Verlockungen einer Sirene mit heiler Haut zu entziehen.

Später nämlich, als er auf dem Weg zu Logan gewesen war, um Benzin zu holen, hatte er bei Eileen geklingelt. Er hatte ihr sagen wollen, dass es falsch von ihm gewesen war, sie mit seinen verqueren Gedanken zu belästigen, dass er aber nichtsdestotrotz froh wäre, wenn ihr Angebot trotzdem noch bestehen würde. Diesen Satz hatte er sich jedenfalls vorher zurechtgelegt. Vielleicht hätte er stattdessen auch kurzerhand behauptet, dass es ihm nur darum gegangen sei, sie aufzuziehen, falls sie sich wieder etwas zugänglicher gezeigt hätte. Zuzutrauen war ihm so ein ruppiges Verhalten in der letzten Zeit nämlich durchaus. Und mit dieser Taktik fuhr man ganz gut, um jemanden auf Abstand zu halten. Allerdings musste sich Josh allmählich eingestehen, dass er auf diese Weise nicht weiterkam. Denn entgegen seiner sonstigen Art fiel ihm nichts ein, wie er mit diesem Problem fertigwerden sollte. Komplizierte Technik und Hausruinen waren eine Sache, verführerische Wassergeschöpfe eine ganz andere. Ich werde untergehen, weil ich bei der Sirene nicht durchblicke, hatte er sich irgendwann im Laufe des Tages zähneknirschend eingestanden.

Nachdem Josh bei den Rutherfords geklingelt hatte, war es jedoch nicht Eileen gewesen, die ihm die Tür geöffnet hatte, sondern ihre Großmutter, eine hagere Frau, deren Glieder seltsam verdreht aussahen. Bevor ihm auch nur ein Ton über die Lippen gekommen war, hatte die alte Frau aufgeschrien, als stünde der Leibhaftige persönlich vor ihr, und hatte die Tür mit einem erstaunlich kräftigen Knall vor seiner Nase zugeschlagen. So viel dazu.

Bis heute Morgen war Josh der festen Überzeugung gewesen, dass er diese Angelegenheit allein ausfechten musste, weil es falsch wäre, jemanden mit hineinzuziehen. Schließlich fand er doch auch ansonsten für alles eine Lösung! Dann war Eileen auf einmal aufgetaucht und hatte ihm unverhofft Halt angeboten. Gut, einen Augenblick später war sie Hals über Kopf davongerannt, aber das warme Gefühl, das ihre Worte ausgelöst hatten, war nichtsdestotrotz da.

Obwohl er wusste, wie einem der Whisky in den Augen brannte, nahm er einen kräftigen Schluck. Und dann noch zwei weitere. Mit einem heiseren Seufzen sank er auf dem Stuhl in sich zusammen.

»Tut gut, was?«, erkundigte sich Finebird mit einem verschwörerischen Blinzeln.

Josh musste husten, ehe er eine verständliche Antwort zustande brachte. »Das Zeug ätzt auf dem Weg zum Magen alles weg, was sich ihm in den Weg stellt.«

Während er sich die Tränen aus den Augen wischte, stellte er fest, dass er sich tatsächlich schon wesentlich gefestigter fühlte. Vielleicht sollte ich mein Sirenenproblem einfach in Whisky ertränken, dachte er übermütig. Dann erinnerte er sich jedoch daran, dass einige der Männer von Cragganmore genau das getan hatten – nach dem Motto: Wer sturzbetrunken ist, ertrinkt zumindest nicht in den Armen einer Sirene. Keine schöne Alternative, entschied Josh.

»Mr. Finebird, Sie möchten doch immer, dass ich mir Ihre Bilder anschaue und Ihnen sage, was ich in ihnen sehe. Außer blaue Farbe, meine ich.«

Finebird, der gerade an seinem Glas nippte, guckte ihn nachdenklich an, und schließlich nickte er.

»Was würden Sie sagen, wenn ich Ihnen erzähle, dass ich wirklich mehr als blaue Farbe sehe? Und damit meine ich nicht Ihre künstlerische Botschaft oder so.«

Einen Moment lang herrschte Schweigen, dann sagte Finebird nicht unfreundlich: »Nun rück schon endlich raus mit der Sprache, Junge. Was hast du gesehen?«

»Einen Umriss, der sich hinter Wasserfluten abzeichnete. Dabei war es so, als wäre ich selbst unter Wasser, aber ohne dass es mir etwas anhaben konnte. Als würde mich eine Art Schutzfilm umgeben, der mich vor der Kälte und vor allem vor Sauerstoffmangel bewahrt.«

»Einen Schutzbann gegen die Unbillen des Meeres«, brachte Finebird es auf den Punkt. »Das würde bedeuten, dass du nicht nur etwas gesehen, sondern auch etwas gehört hast. Eine Einladung nämlich. Die muss jedoch schon von deiner Sirene ausgesprochen worden sein, bevor du durch meine Bilder ins Meer eingetaucht bist.«

Josh klappte der Unterkiefer nach unten. Mit vor Schreck ungeschickten Fingern griff er nach dem Glas und nahm einen weiteren Schluck. »Sie wissen also über das Sirenenlied Bescheid?«, fragte er, wobei ihm seine eigene Stimme seltsam fremd klang.

»Ich wäre ein schlechter Maler, wenn ich meine Augen vor der Wahrheit verschließen würde«, antwortete Finebird leichthin. »Die Hebriden, vor allem Cragganmore Island, liegen inmitten eines uralten Kraftfelds. Deshalb bin ich vor einigen Jahren hierhergekommen, weil ich von der Energie dieser Gegend profitieren wollte. Ein ganz besonderer Musen-Kuss sozusagen. Die Inseln werden von einem Strom aus Magie umspült, dem die Sirenen folgen.

Ruhelose Wassergeister, erfüllt von der Sehnsucht nach Halt.«

»Das verstehe ich nicht.« Josh rieb sich die Schläfen in der Hoffnung, seinen leicht umnebelten Verstand auf Touren zu bringen. Aber vielleicht konnte man so ein Gespräch auch gar nicht nüchtern führen. »Die Sirenen locken die Männer mit ihrem Gesang ins Verderben, denn bei dem Versuch, der singenden Stimme zu folgen, ertrinken sie. So heißt es zumindest.«

»Ja, so heißt es, was aber noch lange nicht bedeutet, dass es auch so ist. Die Sirenen sind wie das Meer: immer in Bewegung und gleichzeitig den Gesetzen der Natur folgend. Wonach sehnt sich das flüssige Element?« Finebird goss eine bernsteinfarbene Lache in seinen gekrümmten Handteller, so dass der Whisky einen kleinen See bildete. »Nach dem festen Element, das ihm eine Form verleiht. Wenn die Sirenen das Meer sind, dann sind die Männer von Cragganmore der Fels, an dem sie sich festhalten wollen, um nicht vom Strom weitergezogen zu werden.«

»Nun, an einem Toten kann man sich schlecht festhalten«, erwiderte Josh mit einem harten Zug um den Mund. »Wenn die Sirenen sich tatsächlich an einen Mann binden wollen, um dem magischen Strom zu entkommen, warum statten sie ihm dann nicht einfach einen Besuch auf der Insel ab?«

»Wenn ich mich nicht irre, versuchen die Sirenen es ja, allerdings auf ihre Art und Weise. Oder warum glaubst du, sie sonst in einem meiner Bilder getroffen zu haben? Wir sprechen hier von Wesen, die von der Magie geküsst worden sind. Sirenen sind keine verträumten Meerjungfrauen mit einem malerischen Fischschwanz. Sie sind Teil von etwas sehr Altem, das wir Menschen bestenfalls instinktiv begreifen. Die Sirene, die dich berührt hat, sehnt sich nach dir, aber sie denkt nicht in Kategorien wie Gut und Böse. Sie will dich in ihre Arme schließen, selbst wenn ihr dieses Glück nur für einige Minuten vergönnt ist.«

Josh kroch die Wut glühend rot den Hals empor. »Ich will ja nicht unhöflich sein, aber wie können Sie ganz locker dasitzen und mir erzählen, dass eine Sirene nichts Schlechtes daran sieht, wenn ein Mann sein Leben für ein paar erfüllende Minuten lässt? Sollte das bei Ihnen nicht mit einem Tick mehr Verachtung für diese aus Eigensucht tötenden Kreaturen rüberkommen?«

Anstelle einer Antwort legte Finebird den Kopf schief und schob nachdenklich seine Unterlippe vor. Dann erwiderte er Joshs herausfordernden Blick.

»Nein, ich kann keine Verachtung und auch keine Wut für ein Wesen empfinden, das seiner Natur gehorcht. Vor allem, wenn es eine Natur ist, die ich mit meinem menschlichen Verstand nur leidlich begreife. Aber das heißt noch lange nicht, dass ich die Meinung vertrete, jeder Mann, der den Sirenengesang vernimmt, soll sich augenblicklich ins Meer stürzen. Darum sitzen wir beide doch heute Abend auch hier beisammen, während draußen die ersten Vorboten der Frühjahrsstürme wüten. Wir wollen nach einem Weg suchen, damit dich der Sirenengesang nicht länger in Versuchung führen kann.«

Mit einem Schlag fühlte sich Josh am Ende seiner Kräfte. »So einfach ist es leider nicht«, erklärte er mit leiser Stimme.

»Nein? Warum nicht?«

»Weil ...«

Josh stockte, während sich die Gedanken in seinem Kopf überschlugen. In den letzten Jahren hatte er sich damit abgefunden, dass das Sirenenlied eine Vielzahl von Empfindungen in ihm hervorrief: Sehnsucht und Furcht. Aber auch eine ungestillte Rachsucht, die er noch in diesem Frühjahr zu befriedigen gedachte, auch wenn er dabei scheiterte und dies unleugbar einem nassem Tod gleichkäme.

»Eigentlich«, begann Josh noch ein wenig unsicher, »sind es zwei Geschichten, die meine Haltung den Sirenen gegenüber alles andere als einfach machen. Die eine ist die meines Vaters, der seit einem der schlimmsten Frühjahrsstürme verschollen ist. Ich habe zwar keinen Beweis, aber ich glaube, dass er letztendlich dem Sirenengesang gefolgt ist, nachdem er ihm ein halbes Leben lang widerstanden hat. Wie gesagt, ich glaube das, denn obwohl ich nicht viele Erinnerungen an meinen Vater habe, so kann ich mich an eine gewisse Sehnsucht erinnern, die sein Wesen bestimmt hat. Diese Sehnsucht habe ich wiedererkannt, weil ich sie selbst seit meinem vierzehnten Lebensjahr verspüre. Das ist die andere Geschichte, von der ich sprach: die Geschichte, wie ich *meine* Sirene traf.«

7

Gestohlene Küsse

»Josh. Joshua Galbraith, bleibst du wohl stehen, wenn ich dich rufe?«

Auf Enids Gesicht breiteten sich hektische Flecken aus, wie immer, wenn sie glaubte, dass ihr vierzehn Jahre alter Sohn sie aus lauter jugendlichem Übermut auflaufen lassen wollte. Für ihren Geschmack verweigerte er ihr in der letzten Zeit zu sehr den Gehorsam. Dabei wurde Josh zwar nicht frech oder gar laut, wie der schlaksige Cameron von Gegenüber, mit dem es zweifelsohne noch schlimm enden würde. Aber ihr Junge tat manchmal gerne so, als existiere sie in seinem Universum höchstens als blasse Randerscheinung. Enid wollte so ein Verhalten nicht tolerieren, schließlich hatte sie sich das viel zu lange von einem anderen Galbraith bieten lassen. Ihr verstorbener Mann Benjamin war ein Meister im Enid-Ignorieren gewesen. Allein die Erinnerung daran machte sie ein gutes Stück angriffslustiger.

Enid stellte ihren Sohn vor der Haustür, deren Klinke er bereits in der Hand hielt. Er besaß die Unverschämtheit, sich nicht einmal zu ihr umzudrehen. Wütend starrte sie auf seine in den letzten Monaten breit gewordenen Schultern und das wirr abstehende Haar, das im Dämmerlicht des Flurs wie dunkle Kastanien schimmerte. Genau wie bei Ben, schoss es ihr durch den Kopf.

Obwohl Josh sie gut einen Kopf überragte, packte sie ihn fest im Nacken. »Wo willst du hin, ohne dich bei mir abzumelden, mein Lieber?«

»Na, raus«, erwiderte Josh mit dieser genervten Art, die er seit neuestem jederzeit an den Tag legte. Lässig schüttelte er ihren Griff ab und sah sie an, als könne sie nichts, aber wirklich auch gar nichts tun, das ihn beeindrucken würde.

»Raus? Bei diesem Sturm? Sag mir, dass das nicht dein Ernst ist.«

Josh zuckte nur mit den Schultern.

»Du ziehst jetzt sofort wieder deine Jacke aus. Wenn dir langweilig ist, dann kannst du mir ja in der Küche zur Hand gehen. Das ist vielleicht nicht so unterhaltsam, wie sich vom Wind umpusten zu lassen, aber immerhin.«

Josh sah sie mit einer provozierenden Gleichgültigkeit an, bei der sie am liebsten laut aufgeschrien hätte. Nur mit Mühe konnte Enid das Verlangen zügeln, ihm eine Ohrfeige zu verpassen. Wann genau war er ihr entglitten? Es war noch gar nicht lange her, da war er noch ihr süßer Sohn gewesen, ihr Ein und Alles. Die letzten zwei Jahre hatten ihn in die Länge gezogen und braunrote Haare auf seine Wangen und andere Körperstellen gezaubert. Die ehemals weichen Gesichtszüge waren praktisch über Nacht so kantig geworden, dass man sich daran schneiden konnte, und auch seiner Stimme wohnte nichts Kindliches mehr inne. Trotzdem war er ihr Junge gewesen, bis ... ja, bis zu diesem verfluchten Frühjahr. Nun blickte sie ein Fremder aus den vertrauten Augen an, jemand, der kein Junge mehr war, aber auch noch kein Mann.

»Josh, hör doch ...«, setzte Enid vorsichtig an.

Aber Josh hörte nicht. Vielmehr wendete er sich wieder der Tür zu. »Ich dreh nur eine kleine Runde, Mom. Sonst fällt mir die Decke auf den Kopf.«

Im nächsten Moment zog er die Tür hinter sich ins Schloss und ließ sie mit ausgestreckter Hand zurück.

Der Sturm war nicht mehr ganz so kräftig wie in den Tagen zuvor, aber Josh musste trotzdem mit zusammengebissenen Zähnen gegen ihn ankämpfen. Wie von Zauberhand fuhr der Wind in die eng zugezogene Kapuze, prallte wie ein Mann gegen seine Schultern und machte es ihm schwer, einen Fuß vor den anderen zu setzen. Josh gegen den Sturm, hieß das Spiel. Und er hatte vor, zu gewinnen. Ganz gleich, wie oft er befürchtete, umgeweht zu werden, er gab nicht auf. In ihm tobte nämlich ein viel größerer Sturm und durchflutete ihn mit einer elektrisierenden Energie, die er dringend loswerden musste. Woher die Unruhe stammte, konnte er nicht sagen, aber sie quälte ihn seit einigen Wochen unablässig.

Natürlich gab es eine andere Möglichkeit, um dieses Kribbeln loszuwerden. Eine weitaus angenehmere noch dazu. Allerdings machte seine Mom ihm mit ihrer Anhänglichkeit da einen Strich durch die Rechnung. Kaum schloss er in ihrer kleinen Wohnung mal eine Tür hinter sich, stand sie auch schon davor, klopfte und fragte, was er gerade treibe. Das letzte Mal war Josh vor lauter Frust kurz davor gewesen, es ihr zu sagen, bloß, damit sie ihn endlich in Ruhe ließ. Dann hatte er sich jedoch dazu entschlossen, es mit einem Spaziergang zu versuchen.

Obwohl die Dämmerung erst in gut einer Stunde einbrechen würde, waren die meisten Häuser bereits erleuchtet. Bei diesem Wetter war niemand draußen, der es nicht musste. Die Bewohner von Cragganmore Island hatten sich vor dem Sturm in Sicherheit gebracht und die Vorhänge vor die klappernden Fenster gezogen. Ganz allein unter lauter Menschen, dachte Josh, wobei ihn ein Schauer überkam. Auf der einen Seite verspürte er den heftigen Wunsch, in einem Raum voller Menschen zu sitzen und sich an ihrem Lachen und Gerede zu wärmen. Auf der anderen Seite wohnte der Einsamkeit eine schmerzliche Süße inne, die er bislang nicht gekannt hatte.

Erfüllt von dieser neuen Empfindung, ließ er den Schutz der Häuser hinter sich und lief querfeldein auf die Küste zu. Hier blies der Sturm am heftigsten und stahl einem die Atemluft direkt von den Lippen. Er riss ihm die Kapuze vom Kopf und fuhr ihm durchs Haar. Das Meer war ein wütendes, dunkles Ungeheuer, das unablässig nach Cragganmores Ufern schnappte, getrieben von dem Wunsch, sie seinem Reich einzuverleiben. All das schürte in Josh keine Furcht. Vielmehr fühlte er sich wie ein unbezwingbarer Abenteurer, während er über die Gesteinsbrocken der abfallenden Brandung kletterte, bis die Gischt ihm über die rot gefrorenen Wangen leckte. Gut eine Armlänge von ihm entfernt rollten die Wellen aus.

Obwohl der Wind kalt war, verging Josh fast vor Hitze. Sein Herz schlug mächtig in seiner Brust, und er konnte sich nicht daran erinnern, sich je zuvor derart lebendig gefühlt zu haben.

Fasziniert von der Naturgewalt und der Intensität der eigenen Wahrnehmung, kauerte er neben einem der größeren Findlinge und blickte auf das aufgebrachte Wasser. Draußen auf dem Meer ging ein Regenschauer nieder, der von seinem Platz aussah, als würde schwarze Farbe vom Himmel herunterrinnen. Dadurch wäre ihm beinahe der helle Umriss entgangen, der mühelos durch das Wasser glitt, als könne der mächtige Sog des Meeres ihm nichts anhaben. Gerade als Josh mit einem Aufschrei auf den Lippen begriff, dass jemand auf ihn zuschwamm, durchbrach sie auch schon die Wasseroberfläche.

Eine Sirene.

Josh wusste es in dem Moment, in dem er in ihre wunderschönen Augen blickte. Menschlich geschnitten, aber in ihnen wohnte nichts Menschliches inne, sondern nur die Tiefe der See. Ein wahr gewordener Mythos, an dem er keine Sekunde zweifelte.

Unberührt vom Wellengang, richtete die Sirene sich auf und schritt so weit auf Josh zu, wie das Wasser reichte. An der Grenze zum Land blieb sie stehen und lieferte sich seinem Blick aus. Langes Haar, das im Wind tanzte und von einem Farbenspiel war, für das er keine Worte fand, denn sämtliche Schattierungen der Umgebung spiegelten sich darin. Ihre Haut hingegen war so hell und schimmernd wie Perlmutt, von einer unnatürlichen Perfektion. Ihr Körper hätte einer jungen Frau gehören können, mit schlanken Gliedern und einer Brust, die vermutlich genau in seine Hand passen würde, wie Josh mit weichen Knien dachte.

Die Sirene lächelte, als habe sie seine Gedanken erraten. Dann setzte sie sich mit einer fließenden Bewegung auf den Findling, ließ jedoch einen ungewöhnlich schmalen

Fuß im Wellenspiel. Ihr Gesicht war oval, mit einer schmalen Nase und rosafarbenen Lippen. Die Ohren verschwanden in dem Schleier ihrer Haare. Scheinbar sollte nichts von ihren eindrucksvollen Augen ablenken.

Als die Mundwinkel der Sirene zuckten, hob Josh instinktiv die Hand.

»Nein, bitte sing nicht. Ich kann dir auch jetzt schon kaum widerstehen. Gib mir noch einen Moment, in dem ich dich einfach nur anschauen kann, bevor du mich ins Wasser lockst.«

Die Mundwinkel der Sirene zuckten noch ein Stück weiter hinauf – zu einem Lächeln, wie Josh feststellte.

»Ich habe nicht vor, mein Lied für dich erklingen zu lassen, kleiner Mann. Noch nicht. Ich bin gekommen, weil ich nicht widerstehen konnte. Etwas ist in dir erwacht. Aber es wird noch eine ganze Zeit lang dauern, bis es so weit gediehen ist, dass wir beide darauf bauen können.«

Verständnislos schüttelte Josh den Kopf. »Wovon redest du?«

»Von deiner inneren Festigkeit natürlich, die dich das eine Wort finden lässt, das eine, das es braucht, wenn man einer Sirene in ihr Reich folgen will. Was auch immer einen Mann ausmacht, bei dir ist es gerade erst erwacht. Dich jetzt schon zu nehmen, wäre viel zu früh, obwohl es sehr verlockend ist. Ich habe so lange auf dich gewartet, ein paar Jahre mehr werde ich mich noch gedulden können.«

Die Sirene verstummte für einen Augenblick, saß einfach bloß da. Dann stimmte sie einen hellen Ton an, der ein Seufzen sein mochte und direkt in Joshs schnell schlagendes Herz fuhr, um sich dort zu verankern. Langsam, als wolle sie ihn nicht verschrecken, streckte sie einen Arm nach ihm aus. Josh sah, dass ihre Fingernägel von einem durchschimmernden Blau waren und sich zwischen den Fingern Schwimmhäute spannten. Eine feine rosafarbene Membran. Ihre Hand legte sich um seinen Nacken, und zu seiner Überraschung war sie alles andere als kalt. Sie schien von derselben Glut überzogen zu sein, die in Josh brannte und die allein durch die Berührung um ein unerträgliches Maß geschürt wurde.

Josh keuchte auf, doch der Wind riss das Geräusch mit sich.

»Keine Angst«, flüsterte die Sirene mit ihrer betörenden Stimme. »Nur einen Kuss, mehr wünsche ich mir heute nicht von dir.«

Ihre Lippen waren warm und mit einer Spur von Meerwasser überzogen.

Unwillkürlich schloss Josh die Augen und vergaß sowohl seine Angst als auch das überwältigende Verlangen, das der Anblick der Sirene in ihm heraufbeschworen hatte. Wie von allein öffneten sich seine Lippen unter dem Druck der ihren, und als sie ihm einen Kuss stahl, fühlte es sich an, als würde er in samtige Schwärze sinken. Doch im nächsten Augenblick riss er die Sirene vor lauter Lust an sich. Er spürte ihr seidiges Haar zwischen seinen Fingern, die Glätte ihrer Perlmutthaut über ihrer Brust, die sich im Gegensatz zu seiner nicht hob und senkte. Er zögerte nicht einmal, als er den Ansatz ihres Busens ertastete, sondern legte sogleich seine Hand darauf.

War es eben noch die Sirene gewesen, die das Spiel ihrer Lippen bestimmt hatte, so erwiderte er den Kuss nun, ohne recht zu begreifen, was er da eigentlich tat. Für ihn existierte nur noch die Frau in seinen Armen. Dass es keine menschliche Frau war, sondern ein Geschöpf des Meeres, hatte er vollkommen vergessen. Bis sie sich aus seiner Umarmung wand.

In der einen Sekunde hielt er sie noch fest umschlungen, in der nächsten stand sie einen Hauch von ihm entfernt, die Augen ein Strudel, in dem man untergehen konnte.

»Nicht so wild, kleiner Mann. Sonst reißt deine Leidenschaft mich noch mit. Dabei habe ich dir doch versprochen, dass ich dir heute nicht mehr als einen Kuss nehmen würde.«

Das widerwillige Grollen, das Joshs Kehle entwich, verriet, wie wenig er von diesem Vorhaben hielt. Vor ihm in den auslaufenden Wellen stand die größte Versuchung seines Lebens und versprach Linderung für all die süß-quälenden Bedürfnisse, die ihm ihre Nähe bescherte. Und da sollte er sich mit einem Kuss zufriedengeben? Entschlossen schritt er ins Wasser und schlang seinen Arm um ihre Taille. Die Sirene mochte den Tod bedeuten, aber auf ihre Berührung zu verzichten, erschien noch grausamer.

So stürmisch, wie er sie umarmt hatte, so vorsichtig fiel allerdings sein Kuss aus. Er wollte ihr keinen Grund geben, sich erneut von ihm zurückzuziehen. Ihre Lippen schmeckten nach jenem Salz, das man nach einem Spaziergang entlang der Küste auf der Haut trägt. Ein Geschmack, von dem er nicht genug bekommen konnte.

Eine Welle teilte sich am Rücken der Sirene, tauchte Josh bis zu den Hüften in eisiges Wasser. Doch das kümmerte ihn genauso wenig wie der Sturm, der mit jeder Minute an Kraft gewann, so dass er seine Muskeln anspannen musste, um nicht zurückgedrängt zu werden. Er wollte mehr von diesen Küssen, wollte mehr von diesem Spiel Haut auf Haut. Grob riss er an dem Reißverschluss seiner Jacke, ungehalten darüber, eine Hand von der wunderbar geschmeidigen Schulter seiner Gespielin nehmen zu müssen. Nachdem er sich der Jacke entledigt hatte, nahm er kurz die schneidende Kälte wahr, dann war auch das wieder vergessen, und er sann nur darüber nach, wie er seinen Pullover loswerden konnte, ohne den Kuss dafür allzu lang zu unterbrechen.

Doch so weit kam es nicht.

Erneut entzog sich die Sirene seiner Umarmung. Dieses Mal wich sie ein gutes Stück ins Meer zurück. Eine Ahnung von Atemlosigkeit zeichnete sich auf ihren feinen Zügen ab, als habe auch sie dieser Kuss etwas gekostet.

»Das reicht jetzt«, erklärte sie.

Wäre sie nicht ein Stück weit in die Brandung vor ihm geflüchtet, hätte Josh es augenblicklich auf einen Versuch ankommen lassen. Aber er befürchtete, in dem tosenden Wasser nicht schnell genug voranzukommen. Schon jetzt hatte er Schwierigkeiten, ohne ihre Hilfe das Gleichgewicht zu halten.

»Willst du, dass ich dir ins Wasser folge? Das werde ich nämlich tun!«

Sofort hob sie eine Hand. »Nein.« Dann trat sie wieder zu ihm. »Ich will nicht, dass du mir jetzt folgst. Aber ich möchte, dass du zu mir kommst, wenn du so weit bist.«

»Glaub mir, ich fühle mich mehr als bereit.«

Die Sirene stieß ein perlendes Lachen aus, bei dem Joshs Verstand sich endgültig verabschiedete. Sie ließ zu, dass er die Arme um sie schlang, aber sie verweigerte ihm ihren Mund.

»Nenn mir deinen Namen«, forderte sie ihn auf, und Josh gehorchte ihr ohne Zögern. »Joshua Galbraith, ab dem heutigen Tag bist du mein, daran soll niemand etwas ändern können«, sagte sie in sein vom Wind zersaustes Haar.

»Ruf mich, wenn du die letzten Schalen der Kindheit abgestreift hast. Dann werde ich dich mit in mein Reich nehmen. Aber bis dahin werde ich diese Insel meiden, so schwer es mir nach deinen Küssen auch fallen mag.«

Josh wollte etwas erwidern, doch sie legte ihren langen Finger auf seine Lippen. Dann erklang ein Gesang, von dem er nicht hätte sagen können, mit was er vergleichbar war. Er webte einen Schutz um ihn, legte sich auf seine Haut und versank in ihr. Ein Sirenenlied – aber keins, um ihn zu locken, sondern um ihn zu kennzeichnen.

Als der Gesang verklang, lehnte sich die Sirene ein Stück zurück und betrachtete ihn eingehend. »Du bist es wert«, sagte sie. »Ganz der Vater.«

Bevor Josh diesen Abschiedssatz begreifen konnte, gab die Sirene ihn frei, und einen Herzschlag später war da nur noch das Meer, das Josh umarmte und mit sich reißen wollte.

8

Gleichgewicht

Nachdem Josh seine Erzählung beendet hatte, saßen die beiden Männer schweigend am Tisch. Draußen war die Dämmerung endgültig der Nacht gewichen, so dass die einzelne Lampe bei der Küchenzeile kaum gegen die Dunkelheit ankam. Mehr als sonst glaubte Josh, das Tosen des Meeres zu hören, das sich an der Steilklippe aufrieb. Das bisher so angenehme Geräusch verursachte ihm nun Unbehagen. Finebird schien sich ähnlich unwohl zu fühlen, denn er stand mit einem Ächzen auf und holte Streichhölzer, um die Kerzen auf dem Tisch anzuzünden. Blinzelnd blickte Josh in die Flammen, die in der Zugluft tanzten, und fragte sich, ob wohl jedes Element seine eigenen Geister barg.

Finebird leerte sein Glas, und es sah ganz danach aus, als hätte er sich zu gern noch einen Whisky eingeschenkt. Stattdessen konzentrierte er sich auf Josh, der in sich zusammengesunken dasaß, den Kopf zwischen seinen Händen gestützt.

»Wenn ich das alles recht verstanden habe«, sagte Finebird schließlich, »dann liegt das Problem darin, dass du dir damals nur allzu bereitwillig den Stempel der Sirene hast aufdrücken lassen, bis du erfahren hast, dass sie auch deinem Vater begegnet ist. Ihr Galbraith-Männer scheint ja ganz nach dem Geschmack der Sirenen zu sein. Nichts für ungut«, fügte er sogleich beschwichtigend hinzu, als Josh wütend die Augenbrauen zusammenzog.

»Ich habe diese Sirenengeschichten immer für Märchen gehalten, selbst als mein Vater verschwunden ist und das Getuschel über ihn bis zu mir als Siebenjähriger durchgedrungen ist«, verteidigte Josh sich einen Ton zu laut, schließlich hatte er sich diese Dummheit bereits selbst unzählige Male zum Vorwurf gemacht. »Meine Mutter hatte nie etwas mit diesen Geschichten anfangen können, und ich bin da wohl ihrem Beispiel gefolgt, bis dann plötzlich eine Sirene vor mir aus dem Meer aufgestiegen ist. Sie war vollkommen überwältigend, da war einfach kein Platz mehr für Unglauben. Kein Mann hätte sich ihr entziehen können, das schwöre ich. Selbst wenn es mir also gelungen wäre, zu begreifen, warum mein Vater verschwunden ist, hätte ich mich vermutlich trotzdem von ihr kennzeichnen lassen ... oder was auch immer ihr Gesang bei mir bewirkt hat. Dass dieser Wassergeist oder ein anderer seiner Art meinen Vater geraubt hat, ist mir erst später klargeworden, als sich die Frühjahrsstürme endgültig gelegt hatten und mein Verstand zurückkehrte.«

»Und dann?«

»Was soll ich sagen? Es ist schwer, einen Rachefeldzug gegen jemanden zu führen, der außer Reichweite ist. Sie hat ihr Versprechen nämlich eingelöst und sich die nächsten Jahre ferngehalten. Was allerdings nichts daran änderte, dass die Frühjahrsstürme mich damals fast in den Wahnsinn trieben. Mein Körper fühlte sich wie ein Blitzableiter für die ganze Energie an, die sie mit sich brachten.«

»Nicht Energie, sondern Magie«, unterbrach Finebird ihn, woraufhin Josh die Augen verdrehte.

»Meinetwegen. Jedenfalls hat mir diese Magie das Leben nicht gerade erleichtert. Da stand ich also wochenlang bei Sturm und Regen mit geballten Fäusten an der schäumenden Wassernaht und hoffte darauf, dass gleich ein schlanker Leib auftaucht. Ein Teil von mir wollte ihr Gewalt antun und die Wahrheit über das Schicksal meines Vaters herauspressen, ein anderer Teil – den ich im Lauf der Jahre wirklich zu hassen gelernt habe – sehnte sich nach ihrer Berührung.«

Josh machte eine Pause, denn dieses Geständnis fiel ihm von allen am schwersten. Einzugestehen, dass es nicht mehr als einen Kuss brauchte, damit er alles andere vergaß ... über all die Jahre hinweg.

Finebird konnte seine Gefühle offenbar erraten. »Sei nicht so streng mit dir.«

Das Glas drehte sich wie von allein zwischen Joshs Händen, und der zirkulierende Inhalt verursachte ihm eine leichte Übelkeit. Oder vielmehr der Inhalt, der bereits in seinem Magen seine Runden drehte.

»Diese verfluchte Sirenenmagie hat mir nicht nur meinen Vater gestohlen, sondern mir auch den Spaß an den Frauen versaut, weil die Intensität ihrer Küsse nicht einmal annähernd an die der Sirene heranreicht.« Der Frust, der in seiner Stimme mitschwang, war nicht zu überhören. »Frauen haben einen sechsten Sinn dafür, wenn man nicht wirklich bei der Sache ist. Und richtig gefährlich wird es, wenn sie dahinterkommen, dass man an eine andere denkt.

Selbst wenn man diese andere am liebsten auf das trockene Land zerren würde, um ihr ein Ende zu bereiten.«

Mittlerweile hatten Aufregung und Whisky Josh kräftig eingeheizt. Ein wenig ruppig streifte er den Wollpulli ab und kratzte sich ausgiebig an der Brust, die von einem Prickeln überzogen war. Finebird dagegen hatte immer noch seine überdimensionale Steppjacke an und nicht einmal den Schal abgewickelt. Verstohlen lüftete Josh sein T-Shirt.

Der alte Mann saß eine Weile in Gedanken versunken da, dann sagte er: »Verstehe ich das richtig? Dein Schlachtplan sah vor, dich an der Sirene zu rächen, sobald sie wieder auftaucht? Oder, wenn das nicht klappt, sich wenigstens von ihr verführen zu lassen? Ich bin, ehrlich gesagt, etwas enttäuscht von dir, Josh. Du bist doch ansonsten so ein schlauer Junge.«

»Ich habe keinen Schlachtplan, weil ich unentwegt zwischen Rachegelüsten und Sehnsucht schwanke«, widersprach Josh. »Es ist übrigens alles andere als leicht, klar zu denken, wenn Magie im Spiel ist. Die lässt nämlich nicht gerade viel Raum fürs Pläneschmieden. Meine Gedanken brauchen sich nur in ihre Richtung vorzuwagen und sofort sehe ich eine geschmeidige Haarflut, die der Wind auftreibt. Und das ist noch eines von den ganz harmlosen Bildern, verstehen Sie?«

Finebirds faltiger Mund verzog sich zu einem Lächeln. »Du hast Recht, meinen Hochmut sollte ich mir wohl besser verkneifen. Schließlich habe ich keine Ahnung, wie es ist, in den Bann einer Sirene zu geraten. Ich spüre den Fluss ihrer Magie und erahne sie, wenn ich das Meer betrachte und es in meinen Bildern verewige. Von ihrem Gesang habe ich bislang nicht mehr als ein fernes Echo vernommen – wie die meisten anderen Männer auch auf

Cragganmore. Du glaubst gar nicht, was ich dafür geben würde, an deiner Stelle zu sein.«

»Das ist ein Scherz, oder?« Misstrauen baute sich in Josh auf. »Sie haben doch den Part über meinen verschollenen Vater mitbekommen, oder wurde es für Sie erst interessant, als ich von der Sirene erzählte?«

Anstatt beleidigt zu sein, lachte Finebird trocken. »So ist das also: Du kannst die Sirenen nicht aus vollem Herzen hassen, aber von mir erwartest du, dass ihr Zauber an mir abprallt. Ich bin vielleicht schon zweiundachtzig Jahre alt, aber ich kann mich bestens daran erinnern, wie es sich anfühlt, wenn die Leidenschaft einen wie eine Flutwelle überrollt. Daraus speist sich die Magie, mit der die Sirene dich an sich bindet. Die Magie, die den Willen jedes Mannes bricht.«

»Schön, dann bin ich also dem Untergang geweiht, denn dieses Jahr kehrt sie zurück, um zu mir zu singen. Das hat sie mir in den letzten Tagen mehr als deutlich gemacht. Und sie wird dafür sorgen, dass ich mich ihr nicht entziehen kann. Wie auch? Ich habe es ja nicht einmal auf dem Festland ausgehalten, als sie lediglich an Cragganmore vorbeigeschwommen ist, ohne nach mir zu rufen.« Josh schnaufte durch die Nase. »Na ja, wenigstens klingt es so, als würde ich vor meinem Tod noch einmal ordentlich auf meine Kosten kommen. Das ist doch was!«

Josh stand mit so viel Schwung auf, dass sein Stuhl hintenüberkippte. Leise vor sich hin schimpfend, schnappte er sich seinen Pulli, der auf den Boden gefallen war, und sah sich dann nach seiner Jacke um. Das hier lief überhaupt nicht so, wie er sich das vorgestellt hatte. Er wollte nur noch weg, ungeachtet der Tatsache, dass die Rückfahrt vermutlich einem Selbstmordkommando gleichkam.

Als der alte Finebird sich ihm vor der Haustür in den Weg stellte, blieb er allerdings stehen, wenn auch in einer äußerst angriffslustigen Haltung.

»Beruhige dich, Junge«, forderte Finebird ihn auf.

»Ich bin verdammt ruhig dafür, dass Sie mich bloß ausgehorcht haben, um Ihre Sirenenfantasien weiter aufzubauschen. Ihre nächsten Bilder werden ganz bestimmt der Hit, da Sie jetzt doch noch besser über die unwiderstehlichen Wassergeister Bescheid wissen. Ein Tipp: Versuchen Sie sich doch einmal an einem Bild, das einen Ertrinkenden zeigt. Vielleicht beneiden Sie mich dann nicht länger um meine Anziehungskraft auf Sirenen.«

In Finebirds hellblauen Augen, denen sogar das Alter nichts von ihrer Ausdruckskraft hatte rauben können, funkelte es gefährlich auf. Mit einem Knall schlug er den Schalter für die Oberbeleuchtung des Wohnraums herunter, dann packte er Josh unerwartet kräftig am Arm und zog ihn zu seinen nun hell beleuchteten Bildern hinüber. Josh sah sich umringt von allen möglichen Stimmungen des Meeres: vom Wind gekräuselte Wellenkämme, von der Sonne zum Glitzern gebrachte, langgezogene Ausläufer an einem schönen Tag, überschäumend wild bis bedrohlich schwarze Bögen. Es waren so viele verschiedene Gesichter der See, dass Josh schwindelig wurde und er dankbar für Finebirds unnachgiebigen Griff war.

»Es ist, wie ich sagte: Das Wirken der Sirenen gleicht dem des Meeres. Nur weil ich in seinem Bann stehe, seit ich meinen Fuß auf Cragganmore gesetzt habe, heißt das noch lange nicht, dass ich deinen Tod gutheißen würde. Es bedeutet nur, dass es keine einfache Lösung gibt. Aber das hast du ja bereits selbst herausgefunden. Du willst der Sirene gegenübertreten, weil sie oder eine ihrer Schwestern dir deinen Vater genommen hat? Das ist nur allzu gut verständlich. Nur befürchtest du, dich in ihrem Gesang zu verlieren. Deshalb verweigerst du dich ihrem Ruf.«

»Herzlichen Dank für die Analyse, aber so weit bin ich selbst schon gekommen«, erwiderte Josh gereizt. »Ich weiß nicht, was ich ihr entgegensetzen soll, schließlich verfüge ich im Gegensatz zu ihr über keinerlei Magie.«

Der Maler rieb sich nachdenklich das Kinn. »Das würde sie vermutlich anders sehen. Darum will sie dich ja«, dachte er laut nach. »Eine Idee, wie du aus diesem Schlamassel herauskommst, ist dir bislang also wirklich nicht gekommen? Das ist doch ansonsten deine Spezialität: Lösungen zu finden und umzusetzen.«

»Bin mir nicht sicher, aber vielleicht habe ich tatsächlich was ... Eileen Rutherford hat mir heute Morgen einen Besuch abgestattet, und da war mir einen Augenblick so, als wäre die Lösung zum Greifen nah.«

Wie auf Befehl fuhren Finebirds wild wuchernde Augenbrauen zusammen, und er verstärkte den Griff um Joshs Arm, bis der sich ihm entwand. »Sorry, aber den brauche ich noch.« Mit einem unterdrückten Stöhnen rieb Josh die Stelle, wo sich Finebirds Finger in sein Fleisch gegraben hatten.

»Nun rück schon raus mit der Sprache, Junge.«

»Ist ja gut. Eileen scheint da so einen Verdacht zu haben, was mit mir los ist. Jedenfalls sprach sie davon, dass Cragganmores Männer dem Land gehören und sie mir Halt geben würde, wenn die Sirene zu mir singt. Das hat etwas in mir bewegt. Es muss doch eine Art Gegengewicht zur Magie des Meeres geben, oder?«

»Eileen Rutherford.« Finebird schien den Namen im Mund hin und her zu schieben. »Viele Locken, richtig?

Ein erdverbundenes Geschöpf, wenn ich den Namen richtig zuordne.«

Josh hatte schon eine Bemerkung auf der Zunge, dass Eileen tatsächlich Gewichte mitbrachte, die der Schwerkraft gutzutun gaben, aber er verkniff es sich.

Unvermittelt ließ Finebird die Schultern hängen, und plötzlich sah er so alt aus, wie er war. Und erschöpft. »Lassen wir es für heute dabei bewenden. Ich muss über diese Sache mit dem Gleichgewicht der Magie nachdenken. Darauf scheint es mir irgendwie anzukommen. Da drüben im Schrank sind Decken, damit kannst du es dir vor dem Ofen gemütlich machen. Morgen sehen wir weiter.«

Vom Bett des alten Malers erklang schon lange Zeit sein gleichmäßig gehender Atem, während Josh immer noch wach dalag und auf den Wind hörte, der das Cottage umtoste. Dazu war nun Regen gekommen, der heftig gegen die kleinen Fenster prasselte. Die Geräusche von draußen spielten ihm Fetzen von Gesang und unverständlichen Worten zu, die seine Nerven zum Vibrieren brachten. Einige Male glaubte er sogar, seinen Namen zu hören, als wäre er Teil des Liedes. Nervös leckte Josh sich über die Lippen, und sein Magen drehte sich um, als er eine Spur von Salz wahrnahm.

Sie würden die Lösung für sein Problem schnell finden müssen, soviel stand fest. Nicht mehr lange und sie würde an Cragganmores Küste zurückkehren.

Unruhig wälzte Josh sich auf seinem Deckenlager umher.

Die Morgendämmerung brach bereits an, und er hatte noch kein Auge zugetan. Vielleicht war es ja auch besser so, denn auf den Besuch, der sich in seine Träume schlich, wollte er lieber verzichten. Während der Aufruhr in seinem Inneren zunahm, streifte sein Blick die Leinwände, die sich im ersten fahlen Licht des Tages abzeichneten. Wie vom Schlag getroffen, setzte er sich auf, als er einen Schemen zwischen den Bildern stehen sah. Mit einem Satz war er auf den Beinen und hielt auf die Stelle zu, doch als er dort ankam, war der Schemen verschwunden. Nur ein leises Plätschern erscholl, dann herrschte Ruhe. Selbst der Sturm hatte sich gelegt.

9

Die Ruhe vor dem Sturm

Eileen konnte nicht sagen, was sie an diesem Morgen in solch eine Unruhe versetzte, dass ihr Puls wie ein Lauffeuer pochte. Vermutlich war sie einfach mit den Nerven am Ende. Die Erlebnisse in Joshs Black House erschienen ihr wie ein böser Traum. Nichtsdestotrotz war sie dort einer Macht ausgesetzt gewesen, die auf nichts anderem als Magie gründete, dessen war sie sich sicher. Dabei stieß sie sich weniger an der Erkenntnis, dass es so etwas wie Sirenen in Wirklichkeit gab, als vielmehr an der Tatsache, dass sie Hals über Kopf davongelaufen war und sich vor Angst unter die Bettdecke verkrochen hatte. Und das, obwohl sie Josh vollmundig versprochen hatte, sein Anker zu sein.

Leise vor sich hin murmelnd, tigerte Eileen in dem beengten Wohnzimmer mit seinem in die Jahre gekommenen Nippes umher. Ihre Großmutter saß im Lehnsessel und rollte Wolle auf. Sobald das Knäuel fertig war, würde sie ihn wieder aufdröseln und erneut aufrollen. Für gewöhnlich störte Eileen sich nicht an diesem Zeitvertreib, aber heute zerrte das kratzende Geräusch der Wolle an ihrem Trommelfell. Behutsam legte sie ihre Hände auf die ihrer Großmutter und sah sie bittend an.

»Ich weiß, es ist keine gescheite Beschäftigung«, gestand ihre Großmutter mit brüchiger Stimme ein.

»Nein, nein, das ist es nicht«, beeilte Eileen sich zu versichern. Schon tat es ihr leid, dass sie sich nicht beherrscht hatte. »Es ist nur ... ich weiß nicht, was es ist.«

»Wenn du dir Gedanken wegen dieses Galbraith-Jungen machst, dann kann ich dir nur einen Rat geben: Nimm dir Wolle und setz dich hin, bis die Frühjahrsstürme vorbei sind. Entweder ist er dann noch auf der Insel oder nicht. Aber selbst wenn er dann noch da ist, solltest du einen weiten Bogen um ihn machen. Was dem Meer gehört, das holt es sich über kurz oder lang. Und du willst doch nicht, dass es dich mit rausspült, oder?«

»Wie kommst du darauf, dass Josh dem Meer gehört? So ein Unsinn, er fährt ja nicht einmal zum Fischen. Alles, was er tut, hat mit der Insel zu tun.«

Obwohl Eileen mit keiner Menschenseele über die Ereignisse in Joshs Black House gesprochen hatte, schien zumindest ihre Großmutter einen Verdacht zu haben. Es brannte Eileen auf der Zunge, die alte Frau, die ihr gesamtes Leben auf dieser Insel verbracht hatte, zu fragen, was sie über Sirenen wusste. Aber sie fürchtete sich zu sehr vor der Antwort.

Allerdings sah es ganz danach aus, dass ihre Großmutter keiner Aufforderung bedurfte. »Wenn der Junge nicht dem Meer gehört, warum zeigt er dann Spuren, die das Sirenenlied hinterlässt? Er kann sich waschen, so viel er will. Das Salz wird er nicht mehr los, solange die Frühjahrsstürme andauern.« Die Unterlippe der alten Frau bebte. Die

Unterhaltung kostete sie unleugbar mehr Kraft, als ihr zur Verfügung stand. Anklagend deutete sie mit ihrem verkrümmten Zeigefinger auf Eileen, zwischen deren Schulterblättern Schweiß ausbrach. »Außerdem habe ich dich gestern gesehen, als du dich auf dein Zimmer geschleppt hast. Ich weiß genau, wann sich ein Mädchen die Finger an jemandem verbrannt hat, den eine Sirene für sich beansprucht. Bleibt nur zu hoffen, dass du die Warnung auch begriffen hast.«

»Woher weißt du davon?«

Ihre Großmutter rutschte im Sessel umher, als hätten sich die weichen Polster plötzlich in Stein verwandelt. »Das weiß doch jede Frau, die auf Cragganmore Island geboren wurde. Es wird uns in die Wiege gelegt. Unser Instinkt verrät uns, wenn einer unserer Männer ans Meer verlorengeht. So ist es eben.«

Entrüstet stemmte Eileen die Hände in die Hüften. »Also mein Instinkt verrät mir das überhaupt nicht, und ich bin hier geboren. Wie kann es außerdem möglich sein, dass die Frauen das einfach hinnehmen?«

»Weil es schon immer so war«, entgegnete ihre Großmutter schlicht. Dabei bedachte sie Eileen mit einem Ausdruck, als hätte sie ein Naturgesetz wie etwa die Schwerkraft infrage gestellt. »Es hat immer Männer gegeben, die dem Sirenengesang verfallen sind. Ein oder zwei Männer jeder Generation gehen eben verloren. Seefahrt und Whisky kosten uns wesentlich mehr, wie du zugeben musst.«

Eileen wollte gerade zu einer scharfen Erwiderung ansetzen, da wurde ihr der Grund für ihre Unruhe bewusst. »Der Wind hat sich gelegt.«

»Bist du dir sicher?«

Ihre Großmutter, deren Gehör nicht mehr das Beste war,

verrenkte sich fast den Hals, um zum Fenster hinausschauen zu können. Die Zweige der Trauerweide im Garten rührten sich nicht. Nicht das geringste bisschen. Das konnte nicht sein. Auf den Hebriden ging immer ein Wind, selbst während der wärmsten Sommertage.

Die Augen ihrer Großmutter nahmen einen ängstlichen Ausdruck an, und für einen Augenblick sah sie wie ein Kind aus, das feststellte, dass es ganz allein war. »Es wird einen schrecklichen Sturm geben«, sagte sie kaum hörbar. »Schlimmer als damals, als Ben Galbraith verschwunden ist. Viel schlimmer.«

»Granny, ich hätte dich mit diesem Thema verschonen sollen. Draußen ist es vollkommen windstill, wie kannst du da von einem Sturm reden? Du hast dich überanstrengt.«

»Nein, Kind. Glaub mir, es ist die Ruhe vor dem Sturm. Er ballt sich draußen auf dem Meer zusammen, sammelt seine Kräfte. Dann wird er so überwältigend über uns hereinbrechen, dass nicht jeder es in die Sicherheit seines Hauses schaffen wird. Einer jedenfalls ganz bestimmt nicht, so wie das letzte Mal.«

Wie vor den Kopf geschlagen, stand Eileen da. Dann akzeptierte sie die Worte ihrer Großmutter – bis auf eine Ausnahme. »Dieses Mal wird das Sirenenlied umsonst erklingen. Ich lasse mich doch nicht von ein bisschen Salzwasser in meinem Mund beeindrucken!«

10

Abgründe

Das schlechte Gewissen nagte an Josh, als er langsam die Steilklippe mit seiner Triumph hinunterfuhr. Der Trampelweg war vom nächtlichen Regen aufgeschwemmt und glitschig.

Wärst du ein braver Junge, würdest du jetzt mit Mr. Finebird am Frühstückstisch sitzen und einen Plan schmieden, auf den man bauen kann, strafte Josh sich selbst in Gedanken ab. Stattdessen wirst du dir bei diesem Matsch das Genick brechen. Warum musstest du noch einmal unbedingt aus dem Cottage raus?

Nun, er hatte die steinernen Wände verlassen müssen, weil sie ihm die Luft zum Atmen geraubt hatten. Weil das Torfdach sich unvermittelt auf seinen pochenden Schädel zu senken gedroht hatte. Und vor allem: Weil er die Nähe der Meeresbilder nicht eine Sekunde länger ertragen hatte. Dass draußen unterhalb der Steilklippen das echte Meer unnatürlich sanft gegen die Felsen rollte, war ihm dabei gleichgültig gewesen. Seine angespannten Nerven hatten ihm gerade einmal zugestanden, Finebird einen hingekritzelten Dank zu hinterlassen, ehe er mit seiner Kleidung unter dem Arm ins Freie gestürmt war. Als er auf seine Maschine gestiegen war, hatte er sich wie ein Gejagter gefühlt. Ein Mann, dem nur noch wenige Minuten zugestanden wurden, bevor das Fallbeil heruntersauste. Nur wie wollte er diese Minuten verbringen?

Das Vorderrad der Triumph glitt auf einem Stein aus, der unter dem Schlamm verborgen war, und schlug zur Seite weg. Zu seinem Glück war Josh langsam gefahren, so dass er sich seitlich abrollen konnte, anstatt unter der Maschine zu landen.

»Mist, verflucht, das war ja klar.«

Mit noch deutlich derberen Schimpfwörtern richtete er sich auf und streckte seinen schmerzenden Rücken durch. Eine kurze Inspektion brachte an den Tag, dass er mit ein paar blauen Flecken, einer aufgeschürften Handkante und einem Schrecken davongekommen war. Mal abgesehen von den verdreckten Jeans und einem klaffenden Riss am Jackenärmel. Als er die Triumph wieder aufstellte, sah er jedoch, dass es sie schlimmer getroffen hatte: Das Vorderrad war übel verdreht. Es würde ein hartes Stück Arbeit sein, das wieder zu reparieren.

»Treuloser Schrotthaufen, dass du auch gerade jetzt verrecken musst«, zischte Josh, dann verschränkte er trotz seiner schmerzenden Knochen die Hände hinter dem Nacken, um seine Brust zu dehnen. Luft, er brauchte dringend mehr Luft. Seit der Wind sich gelegt hatte, schien es einfach nicht mehr genug davon zu geben. Trotzdem gelang es ihm nach und nach, seine Fassung in dieser unnatürlichen Stille zurückzugewinnen.

Zum ersten Mal, seit er den Schemen zwischen Finebirds Bildern gesehen hatte, konnte er wieder einen klaren Gedanken fassen.

»Okay, fassen wir das kurz einmal zusammen«, sagte er laut, als befürchte er, unausgesprochen könnten sich die Worte sofort wieder verflüchtigen. »Du sitzt auf einer Insel und wartest darauf, dass eine Sirene auftaucht, um dich in ihr Wasserreich mitzunehmen – ungeachtet der Tatsache, dass du mit dem Atmen unter Wasser ein paar Probleme hast. Eine Fährfahrt rüber aufs Festland wäre vielleicht keine schlechte Idee. Reicht ja auch, wenn ich mich der Sirene im nächsten Jahr stelle. «

In diesem Moment durchbrach ein tiefes Grollen die Stille.

Langsam, als wappne er sich gegen einen bevorstehenden Angriff, drehte Josh sich um. Draußen über dem Meer zogen sich die Wolken zu tiefgrauen Türmen zusammen. Im Gegensatz zu den sanft auslaufenden Wellen sah das Wasser auf der offenen See alles andere als ruhig aus: aufgewühlt und schäumend. Obwohl es auf diese Entfernung eigentlich unmöglich sein sollte, glaubte Josh, Bewegungen in der Tiefe des Meeres wahrzunehmen. Wie Blitze schossen helle Leiber dort umher, umkreisten sich wie bei einem Tanz. Sirenen, die im Fluss der Magie schwelgten. Noch gab es keinen anderen Vorboten des Unwetters als das Geräusch, wenn sie einander streiften. Es war jedoch nur eine Frage der Zeit, bis sie ihre ganze Macht über dem Atlantik entladen würden.

Wenn nur der Wind weiterhin ausblieb, würde dieses kolossale Unwetter vielleicht weit draußen vor den Inseln ausbrechen. Doch irgendwie glaubte Josh nicht daran. Die sich anstauende Energie durchzog die Luft und zauberte ihm eine Gänsehaut. Sämtliche Haare an seinem Körper richteten sich auf … und nicht nur die, wie er gereizt bemerkte.

»Die Fährfahrt kann ich mir wohl abschminken, heute wird kein Schiff mehr gehen.«

Vielmehr sah es danach aus, als öffneten sich jeden Augenblick die Pforten der Hölle, nur dass anstelle von Feuer und Asche Wasserfluten die Hebriden überrollen würden.

Während Josh sich damit abfand, dass ein Fluchtversuch nicht zur Debatte stand, ging er auf den Rand der Steilklippe zu. Es war schließlich sinnlos, vor etwas Unausweichlichem davonzulaufen. Zum ersten Mal in seinem Leben stand er aufrecht direkt an der Abbruchstelle, denn sonst war wegen des Windes stete Vorsicht geboten. Jetzt ging nicht einmal ein Lüftchen, und auch von der gewöhnlichen Geräuschkulisse war nichts zu vernehmen. Kein einziger Seevogel war zu hören, geschweige denn zu sehen, obwohl sie ansonsten zu jeder Tageszeit ihre Runden flogen.

Neugierig linste Josh über den Abgrund.

In Richtung Hafen gab es einen schmalen Streifen Strand, aber an dieser Stelle brach die Klippe senkrecht gut und gern zwanzig Meter in die Tiefe ab und mündete direkt im dunklen Wasser. Wenn man Cragganmore Island mit dem Schiff umfuhr, sah man, dass das rötlichbraune Gestein von unzähligen horizontalen Linien übersät war, als hätte jemand die verschiedensten Wasserstände eingemeißelt. Auf einem Schulausflug hatte ihnen der Lehrer erklärt, wie diese Linien zustande kamen, aber Josh konnte sich in diesem Moment nicht mehr entsinnen.

Ob es wohl in der Macht einer Sirene steht, das Meer bis hier oben schlagen zu lassen? Wohl kaum. Also werde ich springen müssen, dafür wird sie sorgen. Und es wird ihr bestimmt nicht schwerfallen.

Bevor ihn der Galgenhumor übermannte, hörte Josh, wie sein Name gerufen wurde. Allerdings aus einer anderen Richtung als vermutet, nämlich vom Inselinneren her.

Instinktiv zog Josh die Schultern hoch und drehte sich um. Wie es schien, hatte er jegliches Zeitgefühl beim Blick von den Klippen verloren. Jedenfalls konnte er nicht sagen, wie lange er einfach nur so dagestanden war. Sein Stiefelabsatz hing plötzlich im Freien, und erst jetzt wurde ihm klar, wie dicht er an der Abbruchstelle stand: idiotisch dicht. Ja, es würde der Sirene keinerlei Mühe abverlangen, ihn ins Wasser zu locken. Vielmehr war er – dank seiner Dummheit – kurz davor, ohne weiteres hineinzustürzen. Umgehend sah er zu, dass er ein paar Meter Abstand zwischen sich und den Abgrund gewann, in dem der dunkle Meeresspiegel lauerte.

Unterdessen war Eileen so nah zu ihm aufgeschlossen, dass er die Schweißperlen auf ihrer Stirn sehen konnte. Ihre Locken wippten aufgeregt, weil sie so schnell lief. Und das war ganz schön schnell für den unebenen Grund, wie Josh fand.

»Ho, ho, ho.« Josh hob die Hände, als wäre die junge Frau ein Pferd, das durchging.

Doch Eileen scherte sich nicht darum. Schnaufend hielt sie vor ihm an, holte ein paarmal kräftig Luft, dann packte sie ihn bei seiner Jacke und zerrte ihn mit ihrer typischen Entschlossenheit einige Schritte hinter sich her, bis ihr der Abstand zum Abgrund ausreichte.

»Was machst du bitte schön hier oben auf der Steilklippe, du Hornochse?«, herrschte sie ihn mit atemloser Stimme an.

»Die Aussicht bewundern«, gab Josh zurück, der der Situation durchaus etwas Komisches abgewinnen konnte. Er war unendlich froh darüber, sie zu sehen, mehr als er sich eingestehen mochte.

Ohne zu zögern, verpasste Eileen ihm einen Hieb in die Magengegend.

»Wenn du hier wieder lebendig runterkommen möchtest, verkneifst du dir solche dummen Bemerkungen lieber. Ich habe mir sicherlich nicht die Seele aus dem Leib gerannt, um mir deine lahmen Witze anzuhören.«

Joshs Mundwinkel zuckten verdächtig nach oben, um nicht schallend aufzulachen. Die Erleichterung, die ihre Gegenwart mit sich brachte, ließ ihn tatsächlich seine Sorgen vergessen. Er verspürte bloß noch das Verlangen, mit ihr herumzualbern, als lauere nicht eine tödliche Gefahr auf ihn. Allerdings erinnerten ihn seine schmerzenden Bauchmuskeln daran, dass Eileen in Stresssituationen nicht viel von Humor hielt. Also bemühte er sich darum, sachlich zu bleiben: »Was zumindest die Frage aufbringt, warum du überhaupt wie eine Irre die Steilklippe hochrennst, Rutherford.«

»Weil der Wagen meiner Mutter keinen Allradantrieb hat und der Weg zu Mr. Finebirds Cottage eine einzige Schlammbahn ist. Scheinst du ja auch bereits herausgefunden zu haben.«

Gemeinsam starrten sie seine dreckverkrusteten Jeans an.

»Kleines Missgeschick mit dem Motorrad«, gab Josh widerwillig zu.

»Weiß ich.« Eileen grub ihre Finger in seine Jacke, als habe sie Angst, er könne ihr ansonsten davonlaufen. Draußen auf dem Meer nahm das Grollen des Unwetters stetig zu, außerdem klang es auch schon bedeutend näher. »Ich habe deinen Schrotthaufen am Wegesrand liegen sehen, deshalb bin ich auch hier. Was mich wieder zu der Frage bringt, was, zum Teufel, du auf der Steilklippe machst, obwohl sich dieses gottverdammte Unwetter über dem Meer zusammenbraut? Hoffst du darauf, dass dich der Blitz trifft, bevor die Sirene dich ersäufen kann?«

»Komm schon, Eileen. Jetzt mach aber mal halblang. Ist dir der Sauerstoffmangel durch die Rennerei aufs Hirn geschlagen?«

Eine Zornesfalte grub sich auf Eileens Stirn ein, die Josh augenblicklich seine Faxen vergessen ließ. »Spar dir deine Frechheiten, ich weiß genau, was hier gespielt wird«, sagte sie ernst. »Dieses Meeresschaumbiest denkt, dass du ihr gehörst. Das hat sie mir in deiner Küche auf ihre ganz spezielle Art klargemacht. Stell dir vor: Als ich dich küssen wollte, war mein ganzer Mund plötzlich voller Salzwasser. Ich dachte, ich würde ertrinken.«

»Sie wollte dich mitten in meiner Küche ertränken?«

Josh musste wohl entgeistert dreinblicken, denn Eileen nickte bekräftigend. »Im Nachhinein denke ich allerdings, es war nur ein Trick. Anders ist es nicht zu erklären. Sie hat meinen Geist manipuliert, mir eingeredet, mein ganzer Mund sei voller Salzwasser – und genau so macht sie es auch mit euch Männern. Sie gaukelt euch vor, dass sie unwiderstehlich ist, dass es nichts Schöneres als ihre Umarmung gibt. In Wirklichkeit ist das Einzige, das sie zu bieten hat, die kalte Tiefe des Meeres.«

»Solange die Sirene die Illusion aufrechterhalten kann, während ich absaufe, soll mir das recht sein.« Erneut ließ Eileen ihn ihre Faust spüren, wobei ihm dieses Mal ein kleines Ausweichmanöver gelang, so dass der Schlag nicht ganz so hart ausfiel. »Von einem aufgebrachten Lockenkopf zu Tode geboxt zu werden, macht da bedeutend weniger Spaß.«

»Du solltest mir auf Knien danken, dass ich mich deiner annehme. Alle anderen Cragganmore-Frauen scheinen daran ja kein Interesse zu hegen. Das sollte dir zu denken geben. Vermutlich liegt es an deinem irregeleiteten Sinn für Humor.«

Das rief nun doch den Wunsch nach Selbstverteidigung bei Josh auf den Plan. »Dein Hilfsangebot ist auch wirklich großzügig, aber korrigier mich, falls ich mich täuschen sollte: Hast du mir nicht schon einmal deine Unterstützung versichert? Ich meine, kurz bevor du wortlos aus meinem Haus gestürzt bist?«

»Das passiert mir kein zweites Mal, glaub mir.«

Entschlossen begann Eileen, ihn hinter sich herzuziehen. Als würde sie ein stures Schaf abführen.

»Ich habe irgendwie das dumme Gefühl, dass es nicht ausreichen wird, mich weiter weg von der Steilklippe zu schleppen«, merkte Josh an, während er ergeben hinter ihr herstolperte.

»Vermutlich nicht«, gestand Eileen ein. »Soll sie sich aber ruhig anstrengen, die Strecke zu überwinden, dieses verlogene Biest.«

Als hätte die Sirene die Herausforderung gehört, setzte mit einem Schlag der Wind wieder ein. Wobei Wind ein zu schwaches Wort für die Kraft war, die ihnen entgegenfegte und sie zurück zum Meer zu drängen versuchte.

»Musstest du das unbedingt laut aussprechen?«, fragte Josh, der sich duckte, um seine Standfestigkeit zu verbessern.

11

Trügerische Sicherheit

Jack Finebird spuckte gerade seine Frühstücksportion Kautabak in einen leeren Farbeimer, als Josh im festen Griff von Eileen bei seinem Cottage eintraf. Der alte Maler hatte die beiden im Auge behalten, während sie querfeldein die Steilklippe hochgeklettert kamen, den schlammigen Weg meidend. Immer wieder mussten sie innehalten, weil die Sturmböen sie umzureißen drohten.

Die kleine Rutherford war zweifelsohne ein echtes Energiebündel. Alles an ihr versprach handfeste Sinnlichkeit, angefangen bei ihren ausgeprägten Rundungen bis hin zu ihrer Ausstrahlung. Es war Finebird ein Rätsel, wie es Josh so lange gelungen war, das Mädchen zu ignorieren – Sirenenbann hin oder her. Finebird konnte sogar auf diese Entfernung hin erkennen, dass sie über eine ganz eigene Art der Magie verfügte. Ein Inselkind, störrisch und widerstandsfähig. Nun ja, eigentlich war es nicht weiter verwunderlich, schließlich hat das Leben auf den Hebriden den Menschen schon immer viel abverlangt. Wer konnte schon sagen, ob es ohne Frauen wie Eileen Rutherford überhaupt möglich war? Jedenfalls war an ihrer Miene abzulesen, dass sie Anspruch auf den jungen Mann an ihrer Seite erhob und keineswegs bereit war, diesen so schnell aufzugeben.

Josh schritt grimmig neben ihr einher, sichtlich unentschlossen darüber, was schlimmer war: von einer Sirene verführt oder von Eileen Rutherford herumkommandiert zu werden. Falls der Junge die Sache lebend überstand, würde sein Bedarf an weiblicher Gesellschaft vermutlich für die nächsten Jahre gedeckt sein – obwohl Eileen ihm das gewiss nicht durchgehen ließ, dachte Finebird mit einem breiten Grinsen. Joshs Junggesellentage waren eindeutig gezählt.

Mittlerweile hatten sich düstere Wolkentürme vor die Sonne geschoben und alles in diesiges Licht getaucht. Der unnatürlich rasch vom Meer aufziehende Sturm trug Salz und Dunst mit sich und machte die Luft schwer. Es war nur noch eine Frage von Minuten, dann würde ein Unwetter über Cragganmore Island niedergehen, das seinesgleichen suchte. Finebird konnte den aufgeladenen Strom der Magie spüren, wie er über seine Nervenbahnen tanzte und sie zum Vibrieren brachte. Auch wenn er niemals den Sirenengesang auf die gleiche Art vernehmen würde, wie Josh es tat, so bekam er nun doch zumindest eine Ahnung von seiner Wirkung. Es war dem jungen Burschen wirklich hoch anzurechnen, dass er nicht mit einem hungrigen Gesichtsausdruck an der Wasserkante stand und dem Eintreffen seiner Sirene entgegenfieberte. Vermutlich war es eben genau diese innere Festigkeit, die Josh so unwiderstehlich für die Sirene machte.

»Na, das war ja ein kurzer Ausflug vor dem Frühstück.

Hast du ordentlich frische Luft abbekommen?«, begrüßte Finebird Josh, der mit einem Schulterzucken vor ihm stehen blieb. »Und dann auch noch in Gesellschaft einer Dame. Einen hübschen Fang hast du da mitgebracht, Junge.«

»Guten Morgen, Mr. Finebird.« Für einen kurzen Moment sah Eileen verlegen aus, dann wurde ihre Miene wieder ernst. »Josh hat mir erzählt, dass Sie wegen der Sirenen Bescheid wissen. Wir müssen uns schnell etwas einfallen lassen, sonst ...«

Weiter kam sie nicht, denn Joshs breite Hand über ihrem Mund stoppte ihren Redefluss. Sie brachte nicht mehr als ein aufgebrachtes Murmeln hervor. Erst als sie auch dies einstellte, nahm er die Hand wieder weg.

»Tut mir leid, dass wir Sie überfallen, Mr. Finebird. Aber ich bin unterwegs auf die gute Eileen getroffen, und so wie es aussieht, brauchen wir einen Unterschlupf.« Josh blinzelte, weil ihm das zersauste Haar in die Stirn geweht wurde. »Eileen hegt seit neuestem eine Abneigung gegen den Meeresblick, und der Atlantik tut so, als wäre es an der Zeit, Cragganmore unter den Wasserspiegel zu verlegen. Ich hoffe, es ist kein Problem für Sie, wenn wir uns bei Ihnen einnisten?«

»Das ist nur ein Problem, wenn ihr mehr als Kaffee und Porridge erwartet.«

»Falls uns trotz der Heimsuchung, die sich lautstark ankündigt, Zeit zum Frühstücken bleiben sollte, würde ich mich sogar damit zufriedengeben«, erwiderte Josh kaltblütig, weshalb Eileen ihm einen scheelen Blick zuwarf.

»So benimmt er sich schon die ganze Zeit«, klärte sie Finebird auf, der ihnen die Haustür aufhielt. »Als hätte er sich bereits damit abgefunden, verloren zu sein. Macht seine Witzchen darüber.«

»Glaubst du denn, dass er falschliegt?«

»Natürlich liegt er falsch. Und wissen Sie, warum? Weil ich mich nicht zweimal von einer Sirene reinlegen lasse. Es ist vollkommen egal, was sie behauptet – er gehört ihr nicht. Ich brenne regelrecht darauf, ihr das ins Gesicht zu sagen.«

In Eileens Stimme schwang eine solche Gewissheit mit, dass Finebird nur zustimmend zu nicken wagte. Der Wind, der mit voller Wucht gegen die Tür schlug, dass das alte Holz knarrte, schien da anderer Meinung zu sein.

Kaum fiel die Tür ins Schloss, ließ das Zerren in Eileens Brust ein wenig nach. Nicht genug, um sie in trügerische Sicherheit zu wiegen, aber ausreichend, dass sie sich sammeln konnte. Josh war geradewegs zur Küchenzeile geeilt und hantierte bereits mit der Kaffeekanne herum, während sie gemeinsam mit Finebird stehen geblieben war, um erst einmal einen Blick in den Raum zu werfen.

Eileen hatte schon einiges über den Maler gehört, der auf dem Festland den Ruf eines großartigen Künstlers genoss. Doch hier auf Cragganmore Island bekam niemand viel von dem Mann mit, der die letzten Jahrzehnte die moderne Malerei in Schottland maßgeblich mitgeprägt haben sollte. Finebird machte sich im Dorf rar, und selbst ins Peebles setzte er nur alle Jubeljahre einen Fuß, so dass er mittlerweile nicht einmal mehr Gegenstand des niemals ruhenden Dorfklatsches war. Worüber hätte man auch plaudern können, bot der alte Kerl doch einfach keinen Anlass? Als ihr Blick über die aufgestellten Leinwände streifte, hätte Eileen auf diese Frage sofort eine Antwort geben können: über seine Bilder! Ein paar ältere Arbeiten von Finebird waren im Lokalblatt abgedruckt gewesen und hatten sie nicht sonderlich beeindruckt. Allerdings hatten sie nur wenig mit dem zu tun gehabt, was sie jetzt sah: wahrhaftiges Meer, überall um sie herum. Als sei er erst auf dieser Insel von der Muse geküsst worden. Oder in den Einfluss des Gesangs geraten, der von der See zugeweht wurde. Was Finebird hier geschaffen hatte, erzählte von einer Verbundenheit mit dem Meer, deren Tiefe kaum zu übertreffen war.

Von einem Moment zum anderen wurde Eileen kreidebleich. »Wir hätten nicht hierherkommen dürfen. Die Bilder ... das ist nicht gut.«

Finebird, der sie mit seinen neugierig blitzenden Augen beobachtete, schüttelte den Kopf. »Wenn du mich fragst, ist es heute ganz egal, wo Josh sich auf der Insel aufhält – sie wird ihn finden. Sie will ihn, unbedingt. Man müsste ein Stein sein, um das nicht zu spüren. Die entscheidende Frage ist jedoch, was wir Josh mitgeben können, damit er ihr widerstehen kann. Was können wir in die Waagschale werfen, um die Sirene aus dem Gleichgewicht zu bringen?«

Angesichts des vielen Blaus um sie herum, zog sich Eileens Kehle schmerzhaft zusammen. Unwillkürlich glaubte sie kaltes, brackiges Wasser zu schmecken, das ihr jeden Augenblick in den Rachen dringen konnte, um sie am Atmen zu hindern. Wie würde wohl ihr Scheitern aussehen, wenn es ihr nicht gelang, sich gegen die Sirene durchzusetzen?

Eileen war sich nicht sicher, ob ihr vielleicht ein angsterfülltes Stöhnen über die Lippen gekommen war. Jedenfalls ließ Josh die Kaffeetassen, nach denen er sich gerade gereckt hatte, auf dem Regal stehen und kam zu ihr. Unschlüssig blieb er vor ihr stehen, dann nahm er ihre Hand.

Zuerst wollte Eileen zurückzuschrecken, aufgescheucht von der Furcht, erneut der Macht des Banns ausgeliefert zu sein. Doch die Barriere, auf die sie bei ihrem Kuss gestoßen war, tat sich nicht auf. Stattdessen bekam sie Joshs kräftige Finger zu spüren, deren tröstliche Wärme mehr als willkommen war.

Gegen diese Art der Berührung hat die Sirene also nichts einzuwenden, dachte Eileen. Wahrscheinlich weiß sie nicht einmal, was echte Nähe bedeutet, da sie doch nur Verlangen und Sehnsucht kennt.

»Ich sollte mich besser von euch trennen«, sagte Josh. In seiner Stimme war keine Spur von Galgenhumor mehr auszumachen. Auch die Lust auf Neckereien schien ihm gründlich vergangen zu sein. »Wenn ihr in meiner Nähe seid, geratet ihr vielleicht in Gefahr. Wer weiß, wozu eifersüchtige Sirenen imstande sind. Du hast es ja bereits am eigenen Leib spüren müssen, Eileen.«

»Ja, und allein der Gedanke daran schnürt mir die Luft ab. Aber tief in mir drinnen weiß ich, dass ich mich nicht zu fürchten brauche. Alles, was dieser Wassergeist zu bieten hat, ist eine Illusion, solange du dich auf Land befindest.«

»Selbst wenn du damit Recht haben solltest, heißt das noch lange nicht, dass einer von uns dazu in der Lage ist, sich ihrer Illusion zu entziehen. Kennst du denn nur eine Geschichte, in der die Sirene den Mann nicht ins Meer gelockt hat, wo er entweder umkam oder den Weg in ihr Reich gefunden hat?«

Auf diese Frage konnte Eileen nur stumm den Kopf schütteln.

»Vielleicht ist es ja an der Zeit, ein neues Kapitel aufzuschlagen«, brachte Finebird sich ein.

Eileen hatte den alten Mann ganz vergessen, weil sie

vollkommen gefangen war von der Verbundenheit zwischen Josh und ihr. Jetzt blickte sie ihn erwartungsvoll an. Wer solche Bilder malt, hatte bestimmt mehr Ahnung von der Natur des Meeres und seiner Bewohner als irgendjemand sonst auf Cragganmore Island.

»Kann gut sein, dass ich falschliege, aber ich glaube, die meisten Männer hatten gar keine Zeit, sich auf den Ruf der Sirene vorzubereiten«, führte Finebird seine Überlegungen aus. »Kaum erreichte er sie, da leisteten sie ihm auch schon Folge. Wer einmal in den Bann ihres Gesangs geriet und aus welchen Gründen auch immer nicht zu ihr ging, wurde eher von Sehnsucht aufgefressen, als Widerstand zu planen. Wenn sich bei dir im Laufe der Jahre nicht solcher Abscheu wegen deines Vaters aufgebaut hätte, würdest du dem Sirenengesang doch auch gehorchen, Todesangst hin oder her – nicht wahr, Josh?«

Den Kussmund zu einer harten Linie verzogen, nickte Josh. »Ja, so ist es.«

»Sie meinen, Joshs Widerstand ist etwas, womit die Sirene nicht umzugehen weiß?« Eileen schöpfte wieder Hoffung.

»Mein Widerstand ist nichts, worauf ich wetten würde. Spätestens wenn sie mich berührt, wird der von meiner Libido abgeschaltet.« Für einen Witz klang diese Aussage eindeutig zu trocken.

Doch Finebird beachtete ihn nicht weiter, konzentrierte sich stattdessen auf Eileen. »Es muss der Sirene wie ein Regelbruch vorkommen, dass kein von der Sehnsucht aufgefressener Joshua Galbraith mit weit ausgebreiteten Armen am Ufer steht, obwohl sie sich so viel Mühe gegeben hat, ihm ihre bevorstehende Ankunft mitzuteilen. Wenn er sich ihr als junger Heißspund nicht freiwillig verschrieben hätte, dann würde ihr Gesang ihn vermutlich nicht einmal mehr als streifen.«

»Moment, was meinen Sie mit *verschrieben*?«, fuhr Eileen dazwischen. Bevor Josh ihr aus reinem Selbstschutz seine Hand entziehen konnte, hatte sie bereits kräftig zugepackt. »Was hast du getan, du elender Taugenichts?«

Josh verzog das Gesicht zu einer Grimasse, versuchte aber nicht länger, sich Eileens Griff zu entwinden. »Kein Grund zur Eifersucht. Ich war gerade einmal vierzehn Jahre alt, als sie sich mir genähert hat. Um ehrlich zu sein, hätte ich damals jede Frau genommen, die sich mir angeboten hätte.«

»Eine Sirene ist aber keine Frau!«, schnauzte Eileen ihn ungehalten an. »Nur einem Mann kann dieser offensichtliche Unterschied entgehen.«

Finebirds Räuspern brachte sie wieder zur Räson. »Aber, Eileen, du hast Recht, die Sirene ist ans Wasser gebunden. Sie ist davon abhängig, dass Josh ihrer Einladung ins Meer folgt. Ob nun freiwillig, das steht auf einem anderen Blatt.«

»Worauf wollen Sie hinaus?«

»Die Magie, die die Sirene an Land wirken kann, mag eine Illusion sein. Aber eine, die man auf keinen Fall unterschätzen darf. Du wirst Josh mit aller Kraft an Land halten müssen, wenn es erst einmal so weit ist, Mädchen. Du weißt, was man über das Meer sagt: Was ihm erst einmal gehört, das gibt es nicht freiwillig wieder heraus.«

»Heißt das, Sie können uns nicht helfen?«

Finebird runzelte die Stirn, als hätte er zwei unverständige Kinder vor sich. »Ich bin ein Mann, wenn auch ein alter. Niemand kann von mir erwarten, dass ich mich gegen eine Sirene, die Versuchung in Person, stelle. Vermutlich kann ich von Glück sprechen, wenn mich der aufziehende Sturm nicht mitreißt.«

Als habe der Wind nur auf dieses Stichwort gewartet, prallte er mit einem ohrenbetäubenden Heulen gegen die Haustür, so dass sie aufsprang. Mit ungeahnter Wucht drang er in das Cottage ein, entlockte Eileen einen spitzen Aufschrei und warf die vordersten Leinwände um. Gleich einem Dominospiel fielen die Bilder zu Boden und verloren ihre Form. Als würden sie sich im Zeitraffer auflösen, verschwammen ihre Umrisse und das auf ihnen dargestellte Meer verwandelte sich in echtes Wasser, das sich rasch ausbreitete.

»Das ist unmöglich«, brachte Eileen hervor. »Aus Bildern kann doch nicht einfach Wasser werden! Das ist ein Trick.« Sie wollte auf die dunkelblau schimmernden Pfützen zugehen, doch Josh hielt sie am Arm zurück.

»Mag sein, dass es ein Trick ist. Aber keiner, mit dem du in Berührung kommen solltest. Vertrau mir.«

Während das Tosen des Sturms ihnen in den Ohren dröhnte, sahen sie zu, wie der Steinboden des Cottage unter Wasser verschwand. Finebird rettete sich mit einem großen Schritt auf eine Sitzbank, Eileen wich mit Josh zurück, um der vordringenden Flut zu entgehen. Sie blickte über die Schulter zur Tür hinaus ins Freie, wo es mittlerweile in Strömen regnete. Nichts war mehr zu erkennen, nur herabstürzendes Nass, dicht wie bei einem Wasserfall.

Dann schlug die Tür zu – und zwar mit einem derart lauten Knall, der keinen Zweifel daran ließ, dass dieser Ausgang für die drei Menschen nicht mehr existierte.

Panisch blickte Eileen nach unten, in der festen Überzeugung, gleich in Bodenlosigkeit zu versinken. Bevor das Wasser tatsächlich ihre Füße berührte, hielt es jedoch wie von Zauberhand an. Das Innere des Cottage wirkte mit einem Schlag um ein Vielfaches größer, als wären die Wände zur Seite gewichen. Sein Grund war nun ein stiller, dunkler See, dessen Anblick sie innehalten ließ.

Für einen Herzschlag war es, als würde die Zeit angehalten, dann breiteten sich auf der Mitte feine konzentrische Ringe aus.

Etwas hatte den Aufstieg aus den Tiefen des Meeres begonnen.

12

Meeresschaum

Die Entladungen von Energie, die ihrer Ankunft vorausgingen, waren von solch einer Intensität, dass Joshs Knie kurz nachgaben. Dabei bekam er kaum mit, wie Eileen seine Hand urplötzlich und mit einem Aufschrei losließ.

Die Sirene kehrte zurück, und dieses Mal würde es keinen Schutzwall mehr zwischen ihnen geben.

Mit jedem neuen Ring, der sich auf dem gefluteten Boden auftat, verstärkte sich das Kribbeln auf Joshs Haut, leitete die Magie der Sirene weiter. Sie war so empfindsam, als bräuchte es nicht mehr als einen gehauchten Kuss, um sie zu entflammen. Fast sehnte er sich nach dem kühlen Wasser zu seinen Füßen, auch wenn er befürchtete, dass es keineswegs die erhoffte Linderung bringen würde.

Gefesselt starrte Josh auf den See, ohne einen einzigen Gedanken an Flucht zu verschwenden. Selbst wenn es ihm gelungen wäre, den Blick vom Wasser loszureißen, so begriff er doch instinktiv, dass kein Weg aus dem Cottage herausführte – es sei denn durch das dunkle Wasser. In ihm kämpften zwei Seelen miteinander: Die eine wollte sich mit Haut und Haaren den Versprechungen der Sirene überlassen, die andere, deutlich schwächere, erinnerte ihn daran, dass er nicht nur so etwas wie einen eigenen Willen besaß, sondern auch Verantwortung anderen Menschen gegenüber trug, die in dieser Sache mit drinhingen – angefangen bei seinem verschollenen Vater und am entschiedensten Eileen, die solch ein Risiko für ihn einging.

Obwohl seine Halsmuskeln ihm den Dienst verweigern wollten, denn er sollte nur auf das Zentrum der Kreise starren, wendete Josh sich der schreckensstarren jungen Frau an seiner Seite zu, die ihre Kehle mit der Hand umschlossen hielt. Trotz der enormen Anspannung, unter der Eileen stand, war da unübersehbar ein trotziger Zug auf ihrem Gesicht. Obwohl sich die gerade noch feinen Ringe inzwischen in einen brodelnden Kessel verwandelt hatten, musste Josh trotzdem grinsen. Eileen Rutherford mochte vor Angst zwar fast umkippen, aber das würde sie nicht daran hindern, in die Schlacht zu ziehen.

»Eileen«, sagte Josh so leise, dass seine Stimme beinah im Geheul des Windes und der gegen das Haus schlagenden Regenfluten unterging. »Egal, wie ich mich gleich verhalten werde, wenn sie da ist, ich bin dir überaus dankbar für deine Hilfe ... und für deine Dickköpfigkeit.«

Zunächst sah es danach aus, als wolle Eileen ihm eine Retourkutsche verpassen, doch dann nickte sie würdevoll. Behutsam griff Josh nach ihrer Hand. Die Berührung ließ sie zusammenfahren, dann erwiderte sie den Druck.

Eine Sekunde später bereute Josh diese Geste der Verbundenheit, denn in diesem Moment erhob sich aus dem Meeresschaum die Sirene. Mit einer geschmeidigen Bewegung richtete sie sich auf, ließ den Kopf in den Nacken sinken, damit ihr Haar, das sie wie einen Mantel umschlang, zurückglitt. Bis zu den Hüften stand sie in dem aufgewühlten Wasser, und mit einem nicht zu deutenden Ausdruck widmete sie sich kurz ihrer Umgebung, bis ihr Blick endlich sein Ziel fand. Sofort hielt sie auf Josh zu, während sich die Distanz zwischen ihnen mit knisternder Atmosphäre zu füllen schien. Mit jedem Schritt stieg sie auf, bis nur noch sanfte Wellen ihre Fesseln umtanzten.

»Mein Liebling«, sagte sie mit ihrer betörenden Stimme, die jeden Zweifel und jeden Anflug von Zorn mühelos auslöschte. »Es gilt nur noch eine geringe Distanz zu überwinden, dann sind wir wieder vereint.«

Sie ist da!, jubilierte es in Joshs Inneren. Endlich. Endlich hatte das Warten ein Ende. Er musste ihr entgegeneilen, sie an sich reißen, und dann würde nichts mehr sie von einander trennen können. Es sei denn, der Tod.

Gerade noch im letzten Moment zog Josh seinen Fuß zurück, der ohne sein Zutun hatte ausschreiten wollen, hinein ins Wasser, von dem niemand sagen konnte, ob es seicht oder grundlos war.

»Mir gefällt die Distanz zwischen uns eigentlich ganz gut«, brachte er mit heiserer Stimme hervor. Dabei wollte seine Zunge eigentlich ganz andere Worte wählen, die davon erzählten, dass er nichts lieber tun würde, als sich mit ihr zu vereinen.

Wenn die Sirene sich an seiner Begrüßung stieß, so ließ sie es sich zumindest nicht anmerken. Ihre schmalen Finger strichen das Haar zurück, und sogar diese belanglose Bewegung führte Josh vor Augen, was für ein vollkommenes Geschöpf sie doch war. Kein Klischee wie Botticellis Venus, sondern vielschichtig, alle Formen von weiblicher Anziehungskraft gleichzeitig verkörpernd: hingebungsvoll und mitreißend, Verführerin und Ergebene in einer Person. Wer eine Sirene in den Armen hielt, hielt alles, was ein Mann sich wünschen konnte.

»Joshua Galbraith, was bist du nur für ein Sturkopf«, sagte sie sanft und strafend zugleich. »Auch wenn ich mir gewünscht hätte, dich an unserer alten Stelle am Meer wiederzutreffen, muss ich gestehen, dass mir dieser Ort auch sehr gut gefällt. Das Meer, das ich hier gefunden habe, ist fast so lebendig wie das echte. Nicht viele Menschen sind dazu imstande, ein Element zu begreifen, dem sie von Natur aus nicht angehören.«

Ein Stück von ihm entfernt seufzte Finebird, als habe er soeben das Kompliment seines Lebens erhalten. Dann richtete er sich auf und sagte mit einer Stimme, die vor Anstrengung zu versagen drohte: »Es freut mich, dass ich dem Sirenenvolk etwas zurückgeben kann, nachdem mich seine Magie derartig inspiriert hat. Aber ich muss gestehen, dass meine Bilder keineswegs als Einladung an Euch gedacht waren. Mein Haus steht auf festem Inselboden und so soll es auch bleiben.«

»Mein Freund«, sagte die Sirene an den alten Maler gewandt, »ich schulde dir einen Gefallen, weil du mir einen Hafen inmitten von Land geschaffen hast, aber jetzt erwarte ich Stillschweigen von dir. Oder wäre es dir lieber, wenn ich dich zu mir ins Wasser einlade? Vielleicht mit einem Lied?« Bei den letzten Worten ließ sie eine Melodie mitschwingen, die bedrohlich und ergreifend zugleich klang.

Für einen Augenblick sah es so aus, als würde Finebird nicht die Kraft aufbringen, dieses Angebot auszuschlagen. Dann schüttelte er erschöpft den Kopf. »Nein, stellt mich bitte nicht auf die Probe. Ich besitze weder die Kraft, Euch ins Wasser zu folgen, noch um mich Euch zu widersetzen und den Jungen zu schützen.«

»Beides wäre auch vollkommen sinnlos, wie du genau weißt.« Selbst diese grausame Wahrheit verringerte die Anziehungskraft der Sirene nicht. »Aber ich habe ein Nachsehen mit dir, denn die Magie des Meeres, die du mit deinen Bildern einfängst, ist einzigartig. Ich werde dich ein wahres Bild malen lassen, wenn du nun Stillschweigen bewahrst.«

Wieder verwandelten sich ihre Worte in einen bezaubernden Gesang und mit pochendem Herzen beobachtete Josh, wie sich die Züge des alten Malers entspannten, bis er mit offenen Augen zu träumen schien.

»Was zeigst du ihm?«, fragte Josh voller Argwohn.

»Das, was er liebt: das Meer, mein Reich. Genau, wie ich es auch für dich tun werde.«

Ein Lächeln breitete sich auf dem ebenmäßigen Gesicht der Sirene aus, so dass ihre Schönheit kaum noch zu ertragen war. Doch mehr als ihre Schönheit bannte Josh der Zauber, der von ihren Bewegungen ausging, dem Versprechen ihrer schimmernden Haut und dem leicht verruchten Klang in ihrer Stimme. Hierbei ging es nicht um Glückseligkeit, nein, ganz bestimmt nicht. Einer Sirene ausgeliefert zu sein, bedeutete: zu wollen, immerzu. Befriedung konnte nicht einmal ansatzweise so verlockend sein wie die Vorstellung, für immer von brennendem Verlangen nach diesem Geschöpf erfüllt zu sein.

Plötzlich wurde Josh bewusst, dass er die ganze Zeit über Eileens Hand hielt. Im Vergleich zu den Freuden, die der Körper der Sirene versprach, fühlte sich Eileens Hand mit ihren leicht zu kurz geratenen Fingern und dem Schweißfilm alles andere als verführerisch an. Ihn durchfuhr der

Impuls, sie loszulassen, doch dann verschränkte Eileen ihre Finger noch fester mit seinen, und er erinnerte sich daran, warum sie das tat: um ihm Halt zu geben. Um ihn zu retten ... vor der Sirene und mehr noch vor seiner überdrehten Lust.

»Freut mich, dass dir das Cottage gefällt. Ohne das ganze Wasser sieht es übrigens noch besser aus. Wenn du also gehst, nimm es ruhig wieder mit, ja? Wir Menschen können es hier nämlich nicht gebrauchen.«

Das Lächeln der Sirene verblasste eine Spur. »Das werde ich, das verspreche ich dir. Und ich werde nicht nur das Wasser mitnehmen, sondern auch dich.«

Seine ganze Kraft zusammennehmend, setzte Josh zurück, bis er die Hauswand im Rücken spürte. Er drängte sich gegen sie, um jeden Millimeter Abstand zu der Sirene herauszuholen. In den Augen der Sirene flammte ein Blitz auf, und im nächsten Augenblick liefen knisternde Flammen über das Wasser.

»Es kommt mir wie eine Ewigkeit vor, seit wir einander das letzte Mal in den Armen gelegen sind«, sagte sie mit einem verlangenden Unterton, der Josh fast seine Beherrschung verlieren ließ. »Andererseits kann es unmöglich länger als einen Wellenschlag her sein, denn ich kann immer noch die Glutspur deiner begierigen Finger auf mir spüren. Es ist mir ein Rätsel, wie es mir überhaupt gelungen ist, meine Lippen von deinen zu lösen. Nie hätte ich es für möglich gehalten, dass ein Kuss alles andere gleichgültig erscheinen lassen kann, während die Leidenschaft, die er auslöst, einen fast zerreißt.«

Bei jedem einzelnen ihrer Worte führte Joshs Körper ihm anschaulich vor, was die Sirene mit lockendem Timbre beschrieb, während ihre Finger verspielt ihre Rundungen nachzeichneten. Sie musste ihn wohl nicht einmal berühren, um ihn um den Verstand zu bringen. Keine gute Voraussetzung, wenn er ihr nicht nachgeben wollte. Nur noch ein paar Schritte trennten sie von einander. Sobald sie diese überbrückt hatte, würde sie tun können, wovon sie bislang nur erzählte, ohne Widerstand zu erfahren.

Die Sirene hielt inne und legte ihren schlanken Zeigefinger über die Lippen. »Ich tue dir Unrecht, wenn ich so rede. Ein Blick genügt schließlich, um zu beweisen, dass ich nie besser entschieden habe als damals, so unwiderstehlich dein Kuss auch gewesen ist. Schau dich an, jetzt bist du ein Mann. Und alles, was du bist, gehört mir.«

Sie öffnete die Arme, doch bevor Josh dieser Einladung nachkommen konnte, schob Eileen sich entschlossen dazwischen.

»Mag ja sein, dass das damals ein supertoller Kuss gewesen ist, aber Dinge ändern sich. Vielleicht nicht, wenn man sein Leben damit verbringt, lustig im Wasser herumzuplantschen, aber für einen Menschen schon. Und genau das ist Josh, ein Mensch. Was hältst du also davon, in dein Reich zurückzukehren und Ausschau nach einem lebenslustigen Wassermann zu halten? Keine Sorge wegen der Pfütze, die wischen wir schon weg.«

Die Sirene hielt es nicht einmal für nötig, sich von Eileen das Lächeln verderben zu lassen. »Es ist, wie ich sagte: Dieser Mann gehört mir. Er hat sich mir verschrieben. Das hast du doch bereits am eigenen Leib zu spüren bekommen, als du ihm dein Zeichen aufdrücken wolltest.«

Josh hob beschwichtigend die Hände, was gar nicht so einfach war, da Eileen sich rücklings gegen ihn presste und ihre Schultern seinen Rippenbogen einzudrücken drohten. »Das mit ›dieser Mann gehört mir‹ ist so eine Sache ...

man sollte doch meinen, dass ein Galbraith-Mann fürs Sirenenvolk ausreichen sollte.«

Der Sirene war die Mühe anzusehen, Eileen nicht umgehend für ihre unverschämte Art abzustrafen, aber kaum hatte sie ihre Aufmerksamkeit wieder auf Josh gerichtet, schien nichts anderes mehr für sie zu existieren. Verstehen breitete sich auf ihren Zügen aus.

»Du zürnst mir, weil eine meine Schwestern deinen Vater zu sich genommen hat. Aber dazu besteht wirklich kein Grund. Schau«, forderte sie ihn auf. Wie auf Befehl beruhigte sich die Wasseroberfläche, bis sie einem Spiegel glich.

Als Josh auf die Wassernaht zutreten wollte, packte Eileen ihn am Arm. »Nicht«, flüsterte sie. »Das ist doch nur ein weiteres Trugbild, mit dem sie dich einspinnen will. Lass dich nicht darauf ein.«

Josh schüttelte nur stumm den Kopf.

Es war kein Bild, das Josh zu sehen bekam. Zumindest nicht im eigentlichen Sinne. Das Wasser verdichtete sich zu Eisscheiben, deren Unregelmäßigkeit das Treiben am Grund des Sees nur schemenhaft offenbarte. Doch er erkannte auch so, was die Sirene ihm zeigen wollte: Benjamin Galbraith, der hinabsank wie ein Schlafender durch einen nicht enden wollenden Traum. Wie er sich langsam um die eigene Achse drehte, schwerelos. Für eine Sekunde brach das Eis und gab den Blick frei auf sein Gesicht mit den geschlossenen Augen, deren Lider flackerten. Sein Mund war einen Hauch geöffnet, als würde er ein sehnsuchtsvolles Seufzen ausstoßen. Dann schob sich die Eisschicht wieder davor und drängte das Bild in die Ferne. Allerdings bewirkte die veränderte Oberfläche etwas, so dass Josh feststellen konnte, was seinen Vater im endlosen Blau hielt: ein schlanker Leib, der ihn umschlang, frei gab und erneut in die Arme schloss, um Küsse auf seinen Mund zu hauchen. Ein feiner Sprudel aus Luftblässchen entkam dem Spiel ihrer Lippen und stieg auf. Rasch breiteten die Blässchen sich aus, und schließlich löste sich das Bild in Meeresschaum auf. Sofort nahm das Wasser wieder seine Bewegung auf.

»Dein Vater ist einer der wenigen, denen es gelungen ist, unser Reich zu betreten. Wie du gesehen hast, ist er glücklich«, erklärte die Sirene. »Er ist so glücklich, wie auch du es sein wirst, wenn du mit mir kommst.«

Obwohl er den entzückten Ausdruck auf dem Gesicht seines Vaters gesehen hatte, war Josh keineswegs erleichtert. So stellte er sich sein Leben eigentlich nicht vor. Außerdem ... »Und wenn es mir nicht gelingt, dein Reich zu betreten, weil ich vorher ertrinke?«

Ein Schatten glitt über die Gesichtszüge der Sirene, bevor sie ihr gewinnendes Lächeln wieder aufsetzte. »Alles, was du tun musst, ist, mir einen Namen zu geben. Binde mich an dich, dann kann ich dir den Weg in mein Reich zeigen, wo wir für immer vereint wären.«

»Wenn es bloß ein Name ist, nach dem du dich sehnst, kann ich dir an seiner Stelle aushelfen«, bot Eileen an. Angriffslustig hatte sie die Hände in die Hüften gestemmt. »Wie wäre es mit Ursula?«

»Ursula?«, echote Josh ungläubig, der sich beim Klang dieses Namens zwangsläufig ein wenig ernüchtert fühlte.

Eileen funkelte ihn an, als könne sie so viel Begriffsstutzigkeit in einer solchen Situation nicht ertragen. »Hat deine Mutter dich etwa nie vor den Fernseher gesetzt, um mal eine Stunde Ruhe zu haben? Ursula ist die böse Meereshexe bei *Arielle*, das weiß doch jedes Kind.«

»Du nennst mich eine Meereshexe?« Die Stimme der Sirene hatte eine bedrohliche Note angenommen, und erneut zuckten Blitze über den kleinen See. »Vielleicht wäre es besser, wenn dein Mund eine andere Beschäftigung bekommt.«

Mit einem qualvollen Gurgeln stolperte Eileen zur Seite. Ihre Augen quollen hervor, und sie mühte sich mit den Fingern ab, ihre fest verschlossenen Lippen aufzuzwingen, was ihr jedoch nicht gelang. Auf ihrem Gesicht breitete sich ein verräterisches Rot aus.

Auch ohne Erklärung begriff Josh, was geschah: Die Sirene füllte Eileens Mund mit Meerwasser, um sie zum Schweigen zu bringen.

Mit einem Satz war er bei der jungen Frau, die gerade an der Wand hinabsank, während sie immer verzweifelter versuchte, das Wasser aus ihren Atemwegen zu bekommen. Hilflos sah er dabei zu, wie sich das Rot auf Eileens Wangen blau verfärbte. Sie würde nicht mehr lange durchhalten können.

»Hör sofort auf damit«, knurrte Josh die Sirene an.

»Das tue ich, wenn du aufhörst, dich mir zu widersetzen.« Die Blitze auf dem Wasser hatten sich zu einem festen Geflecht zusammengefügt und warfen ein grelles Licht auf die Sirene, so dass ihre Umrisse nur noch schwerlich auszumachen waren. »In dem Moment, in dem ich deine Hand in meiner halte, gebe ich sie frei. Versprochen.«

Josh lachte heiser. »Das steckt also hinter deinen Verführungskünsten. Dann hat Eileen also Recht gehabt: alles nur schöner Schein, um deine wahren Interessen zu verbergen.«

Trotz dieser Erkenntnis stand Josh auf und trat an die Wassernaht, denn Eileen war soeben bewusstlos in sich zusammengesackt. Ernst erwiderte er den Blick der Sirene, deren liebliches Gesicht in der Helligkeit wieder Konturen annahm, dann reichte er ihr seine Hand.

Ein hastiger Blick über seine Schulter verriet ihm, dass Eileen wieder zu sich kam und den Mund zu einem Schrei aufriss. Ihr gellendes »Nein!« erreichte ihn jedoch nicht mehr.

Eisiges Wasser umspülte ihn, riss ihn mit sich, bis er ins Stolpern geriet und in die Tiefe eintauchte. Seine Kleidung sog sich voll und zerrte schwer an ihm, während ihm salziges Nass in Augen und Nase drang. Seine Kehle schmerzte protestierend, weil Wasser anstelle von Luft in sie eindrang. Josh versuchte, es wieder auszuspucken, verschluckte dabei jedoch nur noch mehr. Verzweifelt suchten seine Hände nach Halt und seine Füße nach Grund, doch um ihn herum war nur Meerwasser, das sich wie etwas Lebendiges bewegte.

Und tatsächlich verwandelte sich die kühle Strömung in warmen Atem auf seinen Wangen. Unvermittelt streiften Finger über seine Haut, dann legten sich Hände um seine Hüften und zogen ihn an einen geschmeidigen Körper. Er ließ ihn die Kälte vergessen, die ihm eben noch hatte die Glieder steif werden lassen. Lippen senkten sich zu einem Kuss auf seine Lippen, hauchten Sauerstoff in seinen schmerzenden Brustkorb. Wie von Sinnen erwiderte Josh den Kuss, in der festen Überzeugung, dass sein Leben davon abhing.

Trotzdem brachte ihn die Sirene schließlich dazu, von ihrem Mund abzulassen. Die Arme fest um ihn geschlungen, lehnte sie sich lächelnd zurück und begutachtete ihn wie einen Schatz, den sie wider Erwarten doch noch errungen hatte. Mit brennenden Augen starrte Josh zurück, unfähig, auch nur einen klaren Gedanken zu fassen.

»Flüstere mir das Zauberwort ins Ohr, das mich an dich bindet«, forderte die Sirene ihn mit einer lieblich singenden Stimme auf, in der das Versprechen mitschwang, dass seine größten Begierden erfüllt werden würden.

»Und wenn nicht?« Zu seiner Überraschung klangen Josh seine eigenen Worte in den Ohren, obwohl seinem Mund nichts anderes als ein Schwall Salzwasser entkam.

Die Sirene legte den Kopf in den Nacken und blinzelte nach oben, dorthin, wo sich vielleicht die Wellen brechen mochten. Aber Josh sah nur Dunkelheit. Das einzige Helle und Warme in dieser endlosen Unterwasserwelt war die Sirene.

»Nun, du könntest natürlich probieren, ob du es bis an die Grenze meines Reiches schaffst. Bislang hat diesen Aufstieg noch keiner gewagt. Warum auch, da ich doch alles zu bieten habe, was ein Mann begehrt?«

»Ja, warum könnte ein Mann nur versuchen, dir zu entkommen?«

Unmut flammte auf den Zügen der Sirene auf, dann entschied sie sich, dass das fordernde Reiben ihrer Schenkel, der Druck ihres Busens gegen seine Brust und vor allem das schallende Lachen, das sie ausstieß, eine bessere Wirkung erzielen würde. Schließlich hatte es, seit Männer über das Angesicht der Erde wandelten, funktioniert. Auch dieser junge Insulaner würde sich der Gesetzmäßigkeit nicht entziehen können. Dafür war die Macht des Sirenenliedes zu groß.

Und tatsächlich legte Josh seinen Widerwillen gleich einem Mantel ab, in dem es ihm von einer Sekunde zur anderen zu heiß geworden war. Ungestüm erwiderte er die Umarmung, überließ sich dem Strudel, der sie beide immer tiefer unter Wasser zog. Er ergab sich den Verführungskünsten der Sirene so vollständig, dass er nicht einmal mehr nach ihren Lippen suchte, als der Druck in seinen Lungen zu steigen begann. Fast war es, als wollte er seinen Untergang noch beschleunigen.

»Meinen Namen«, forderte die Sirene. Erst noch mit ihrem verführerischen Timbre, dann eindringlicher. Doch das Einzige, was sie von dem jungen Mann bekam, waren Liebkosungen.

Schwärze breitete sich in Josh aus, gegen die nicht einmal die erregende Hitze ankam, die die Sirene ausstrahlte. Er wusste, woher sie stammte. Nicht einmal die machtvolle Illusion konnte diese Tatsache übertünchen: Er ertrank. Wenigstens verspürte er die Genugtuung, dass die Sirene nicht ihren Willen bekam. Bevor er ein Träumer im Bann einer Sirene wurde, gab er lieber eine ordentliche Wasserleiche ab. Der Tod war besser als eine Ewigkeit im Reich des Wasserwesens. Wenn seine Brust nicht von diesem Brennen geplagt wäre, hätte er nur allzu gern ein Lachen ausgestoßen.

Die Bewusstlosigkeit griff nach ihm und dämpfte die mittlerweile hysterisch klingende Stimme der Sirene. »Du bist mein, ich lasse dich nicht gehen. Ganz gleich, um welchen Preis.« Ihr Ausruf dröhnte hinter seinen Schläfen, brachte seinen Schädel fast zum Explodieren.

Von wegen betörender Gesang, dachte Josh, heimgesucht von einer Müdigkeit, wie er sie in seinem ganzen Leben noch nicht verspürt hatte.

Helle Flecken tanzten ihm vor Augen. Tageslicht irgendwo über ihm. So wie sie ihm immer näher kamen, verlosch das Flehen der Sirene, ihr doch endlich einen Namen, eine Form zu geben, damit sie ihn in ihrem Reich behalten konnte. Das Licht wurde sogar derartig hell, dass es sich wärmend auf seine Lider legte. Schön, wollte Josh sagen, öffnete ohne große Erwartungen den Mund ... und atmete Luft ein.

Einen Zug, dann noch einen, bevor sich eine weitere Welle über ihn erbrach und ihn in die aufgewühlte Brandung trug.

Obwohl er kaum Kraft besaß, gelang es ihm, sich auf den Strand zu ziehen, die Finger fest eingegraben in den nassen Sand, dessen Berührung ihm unendlich tröstlich erschien. Das war der Halt, nach dem er sich sehnte. Er war an die Küste angeschwemmt worden, nicht weit entfernt von seinem Haus, wie er durch den vom Salzwasser verschleierten Blick erkannte. Mühsam kämpfte er sich Zentimeter für Zentimeter voran, getrieben von der Furcht, dass das Wasser ihn jeden Augenblick zurückholen konnte.

Als dumpfe Schritte auf ihn zuhielten, gelang es ihm nicht einmal mehr, den Kopf anzuheben, weil er zu erschöpft war. Alles andere als zärtliche Hände griffen nach ihm, rissen ihn hoch. Ein Zittern durchfuhr seinen Körper und hörte auch nicht auf, als er sich aufbäumen und Meerwasser ausspucken musste.

»Josh«, hörte er Eileen mit vor Tränen heiserer Stimme sagen. »Du lebst! Ich kann es kaum glauben. Dieses seelenlose Stück von einem kaltem Fisch hat dich im Cottage unter Wasser gezogen, und plötzlich war da wieder nur ein Steinboden. Ich bin fast wahnsinnig geworden, als ich den Boden nach einer Spur von dir abgesucht habe. Du bist ihr entkommen. Oh, mein Gott, du bist der Sirene wirklich und wahrhaftig entkommen!«

Nein, dachte Josh. Nicht entkommen, sie hat mich gehen lassen, weil ich lieber ertrunken wäre, als bei ihr zu bleiben. Aber seine Kraft reichte gerade einmal aus, um einen Blick zurück aufs Meer zu werfen. Es war immer noch dunkel und aufgewühlt vom Sturm, der sich jedoch bereits legte. Ein heller Leib bäumte sich unter der Oberfläche der Brandung auf, bevor er verschwand.

»Nur für dieses Mal lasse ich dich gehen«, ertönte die Stimme der Sirene vom Wasser her.

13

Im Hafen

Ein azurfarbener Faden zog sich durch wüstes Tintenblau. Eine winzig kleine Abweichung, die Josh gerade erst entdeckt hatte. Ein Lächeln breitete sich auf seinem Gesicht aus. Da schaute er sich das Gemälde, das Finebird ihm vor seiner Abreise von Cragganmore geschenkt hatte, schon seit Wochen an und nach wie vor entdeckte er Überraschungen. Sofern man bei einem Bild, das ausschließlich das Meer von oben zeigte, von Überraschungen sprechen konnte. Nun ja, Eileen meinte, es wäre aus der Vogelperspektive gemalt. Für Josh sah es eher nach einer Unterwasserperspektive aus. Falls es diese Bezeichnung überhaupt gab. Aber das verschwieg er ihr lieber, weil er sie zum einen nicht beunruhigen wollte. Seit den Erlebnissen im anbrechenden Frühjahr rangierte das Meer auf Eileens Beliebtheitsliste ungefähr neben Tod und Teufel. Zum anderen irritierte es ihn, wie gut ihm – allen Vorkommnissen zum Trotz – der Gedanke gefiel, unter Wasser zu sein. Die Vorstellung eines anderen Lebens hatte sich in ihm eingebrannt.

Es gab allerdings noch einen anderen Grund, warum Josh sich gern das letzte Meeresgemälde des alten Malers anschaute: Er vermisste ihn mehr, als er zuzugeben bereit war. Im Gegensatz zu Eileen und ihm hatte Finebird die Begegnung mit einer leibhaftigen Sirene nicht sonderlich gut verwunden. »Irgendwie traue ich dem Boden unter meinen Füßen nicht mehr«, hatte er Josh kurz vor seiner Abreise gestanden. »Man muss wohl altes Cragganmore-Island-Blut in den Venen haben, um das Meer nicht zu fürchten.«

Als Finebirds letzte Habseligkeiten in den Lieferwagen verladen worden waren und Mawhiney vor dem Aufbruch noch eine Zigarette rauchen wollte, hatte er den jungen Mann beiseitegenommen.

»Das Bild, das im Haus stehen geblieben ist, gehört dir und Eileen«, hatte der alte Maler gesagt. »Es ist das letzte seiner Art, ein eingelöstes Versprechen, wenn du verstehst, was ich meine. Damit ist mein Meereszyklus abgeschlossen. Verkauf es, wenn du es nicht in deiner Nähe haben willst. Ich würde es verstehen. Andererseits ... mir gefällt der Gedanke, dass es in deinem Leben bleibt. Als Erinnerung, nicht nur an mich.«

Josh hatte nur nicken können, denn seine Kehle war wie zugeschnürt gewesen.

Seit jenem Tag hing das Gemälde neben seinem Bett, von wo aus er es auch jetzt auf der Seite liegend betrachtete. Obwohl er noch nicht lange auf war, fühlte er sich erschöpft – allerdings auf eine ausgesprochen angenehme Weise.

»Mist, ich bin so was von zu spät dran!«

Eileen hüpfte auf einem Bein durchs Zimmer, während sie mit dem anderen versuchte, in die verdrehten Jeans zu schlüpfen. »Das ist schon das dritte Mal in diesem Monat, dass ich es nicht pünktlich zur Arbeit schaffe und dabei hat er gerade erst begonnen. Mrs. MacMillian wird mich mit jeder Menge anzüglicher Sprüche nerven. Habe ich dir schon erzählt, was sie gestern zur Begrüßung gesagt hat, obwohl ich bestenfalls eine Viertelstunde zu spät war? ›Ich kann mir kaum vorstellen, dass du außer Atem bist, nur weil du dich so sehr beeilt hast, Eileen. Hat dein Freund etwa trotz des Sommergeschäfts keinen Job gefunden, der ihn schon morgens aus dem Bett holt? Grüß Josh bitte schön von mir. Wenn er will, kann er unser Lager in Ordnung bringen. Dann kämst du vielleicht auch wieder einmal zeitig ... und vor allem ausgeschlafen.‹«

Weiter kam Eileen mit ihrer Imitation von Mrs. MacMillian nicht, denn sie verlor das Gleichgewicht und rettete sich gerade rechtzeitig auf den alten Ledersessel. Josh musste sich im Bett aufsetzen, um sie sehen zu können. Aber die Mühe lohnte sich, denn Eileen sah zerzaust und eine Spur ungehalten ausgesprochen verführerisch aus.

»Du solltest das nicht so ernst nehmen, bei Mrs. MacMillian gehört Klagen zum Geschäft.«

Ja, sie sah wirklich sehr süß aus an diesem Morgen. Kurz rechnete er seine Chancen aus, sie zu einer noch größeren Verspätung überreden zu können.

Eileen blinzelte, dann hob sie drohend den Zeigefinger hoch. »Hör sofort auf, mich auf diese Weise anzuschauen, Galbraith. Es ist dir an der Nasenspitze abzulesen, was dir gerade durch den Kopf geht. Ich hänge an meinem Job, verstehst du?«

»Klar verstehe ich das«, erwiderte Josh betont gelassen, während er in Wirklichkeit zusah, die Decke beiseitezuwerfen, um möglichst schnell zu ihr zu gelangen. Noch waren ihre Beine nämlich in den Jeans verheddert, so dass sie nicht fliehen konnte. Zu seiner Enttäuschung gelang es ihr jedoch im letzten Augenblick, den Stoff über ihre Kehrseite zu ziehen. Es blieb ihm also nichts anderes übrig, als sie artig in den Arm zu nehmen und vorzugeben, dass es ihm nur um einen Abschiedskuss gegangen wäre.

»Sehen wir uns heute Abend im Peebles?«, fragte Eileen, während sie ihre Locken mit einem Haarband zähmte.

Josh kratzte sich am Nacken, dann fand er eine Decke, die er sich um die Hüften schlang. Nackt vor einer vollständig angezogenen Eileen zu stehen, die sich definitiv zu keinen Dummheiten würde überreden lassen, war nicht sonderlich nach seinem Geschmack.

»Josh, hörst du: Peebles, ja oder nein?«

»Kann ich noch nicht sagen. Wenn diese zu Schaden gefahrene Dau heute noch reinkommt, auf die Logan wie auf eine lang vermisste Geliebte wartet, wird es eher spät werden. Dann wird es ziemlich viele Abende ziemlich spät werden, bei allem was ich über den Zustand des Schiffes gehört habe. Dabei hatten wir es über den Winter gerade erst auf Vordermann gebracht. Na ja, Marie fände das garantiert super, wenn ich mal nicht im Pub rumhänge. Schließlich wartet sie schon seit einer halben Ewigkeit auf eine Gelegenheit, dir mal so richtig auf den Zahn zu fühlen. ›Sind Sie etwa seit neuestem Bewohnerin eines Black Houses, verehrte Mrs. Rutherford?‹«, schlug Josh in einem verschwörerischen Ton an. »›Die Allgemeinheit von Cragganmore ist mehr als interessiert daran, ob es Ihnen tatsächlich gelungen ist, den eingefleischtesten Junggesellen der Insel um den Finger zu wickeln.‹«

Eileen zog die Nase kraus, aber Josh glaubte so etwas wie Besitzerstolz auf ihren Zügen erkennen zu können. »Als ob du so interessant wärst«, sagte sie knapp und warf ihm noch zum Abschied eine Kusshand durchs Küchenfenster zu, bevor sie sich auf ihr Fahrrad schwang.

Hastig räumte Josh den Krimskrams beiseite, damit er das Fenster öffnen und ihr nachsehen konnte. Nachdem er sich versichert hatte, dass Eileen ihre ganze Konzentration auf den unebenen Weg richten musste, lehnte er sich kindsköpfig weit hinaus und blickte ihr hinterher, bis sie endgültig aus seinem Sichtfeld verschwand.

»Von hinten fast so gelungen rund wie von vorne«, murmelte er gut gelaunt.

Während er nach der Kaffeedose langte, ging ihm durch den Kopf, dass sich gerade ein weiterer großartiger Morgen in die Abfolge vieler anderer großartiger Morgen seit Beginn des Frühjahrs einreihte. Sogar die Sonne ließ sich an diesem Junitag blicken, was einem wahren Wunder gleichkam. Nach und nach suchte er sich alles für ein ausgiebiges Frühstück zusammen, dann wollte er bei Logan vorbeischauen und hören, ob nun mit der Dau zu rechnen sei. Ansonsten würde er tatsächlich einmal bei Mrs. MacMillian wegen des Lagers anklopfen. Seine Haushaltskasse konnte es gebrauchen, er war in den letzten Monaten zu sehr neben sich gestanden, um sich mit etwas anderem als mit der Tatsache zu beschäftigen, dass er entgegen aller Wahrscheinlichkeit immer noch festen Boden unter den Füßen hatte. Leise summend, spazierte er durch den Raum und wartete darauf, dass die Kaffeemaschine mit ihrem Geschnaufe fertig war, da war ihm plötzlich so, als würde sein Summen erwidert.

Ein ferner, heller Gesang, nicht mehr als ein Echo, trotzdem waren die einzelnen Worte klar zu verstehen: »Wonder where she's gone this time.«

Josh blieb erstarrt stehen, während sich die Strophe aus »Ain't No Sunshine« ein ums andere Mal wiederholte. Wind fuhr durch das offene Küchenfenster ins Black House und brachte den Geruch von Meer mit sich. Er streifte Joshs nackte Brust mit zärtlichen Fingern. Der Gesang, der ein feines, bittersüßes Ziehen in seinem Inneren auslöste, wehte jedoch nicht von draußen herein, sondern kam von dem Bild bei seinem Bett. Wie magisch angezogen hielt Josh darauf zu.

Das Bild war nicht länger ein Bild, sondern ein Ausblick in eine andere Welt. Das Wasser funkelte einladend, so wie das Meer an diesem Sommertag vermutlich tatsächlich im Sonnenlicht glitzerte, wenn man hineintauchte. Es würde wunderbar sein, hineinzugleiten, seine frische Kühle zu spüren, sich seiner treibenden Bewegung zu überlassen.

Josh ertappte sich dabei, wie er die Hand ausstreckte, um wenigstens seine Fingerspitzen zu benässen. In diesem Moment sah er ein helles Aufblitzen in der Tiefe. Nur für einen Herzschlag.

»Eines Tages«, erklang die Stimme der Sirene.

Rasch wich Josh zurück und rieb die Hände über seine Oberarme, um das verführerische Kribbeln loszuwerden. Er schüttelte verneinend den Kopf, während seine Lippen ein lautloses Ja formten. Er biss sich auf die Unterlippe und wollte schon das Gemälde von der Wand reißen, dann entschied er sich anders.

»Nur aus der Ferne, meine Schöne«, erklärte er dem auf Leinwand gefangenen Stück Meer. »Nur aus der Ferne.«

Tauchen Sie ein in die phantastische Welt von Tanja Heitmann …

INTERVIEW MIT TANJA HEITMANN

Tanja Heitmann schrieb sich mit ihren düster-romantischen Geschichten in die Herzen Tausender Leserinnen und Leser und zählt inzwischen zu den erfolgreichsten deutschen Mystery-Autorinnen. Ihr Debütroman *Morgenrot* stand monatelang auf allen Bestsellerlisten, und auch in den Nachfolgeromanen *Wintermond* und *Nachtglanz* erschafft Tanja Heitmann eine Welt, in der uns dunkle Geheimnisse, dämonische Wesen und der Glaube an die große Liebe in ihren Bann ziehen. Im nachfolgenden Interview gewährt die Autorin einen Blick hinter die Kulissen.

Ihr erster Roman* **Morgenrot** *erzählt von der gefährlichen Liebe zwischen der Studentin Lea und dem überirdisch schönen Vampir Adam. Was hat Sie zu der Geschichte inspiriert?

Inspiriert hat mich Adam höchstpersönlich, der sich vollkommen überraschend in meinen Kopf eingeladen hat, um mir seine Geschichte zu erzählen. Von einer Sekunde zur nächsten stand er mir lebendig vor Augen. Adam ist eine sehr geheimnisvolle und gleichzeitig eigensinnige Gestalt. Das hat mich derartig fasziniert, dass ich tatsächlich den Mumm aufgebracht habe, mich hinzusetzen und seine Geschichte aufzuschreiben. Obwohl »seine« Geschichte eigentlich nicht ganz richtig ist, denn meine Heldin Lea hat nicht lange auf sich warten lassen. Ihr gelingt es, hinter Adams Maske zu blicken. Lea auf diesem schwierigen Weg zu begleiten, war mindestens genau so spannend, wie Adam kennenzulernen.

Adam ist kein gewöhnlicher Vampir, sondern er muss seinen Körper mit einem Dämon teilen, der ihm zwar das ewige Leben schenkt, dafür aber einen Preis verlangt. Auch in* Wintermond *hat der geheimnisvolle David mit einem Dämon zu kämpfen, der seine Seele in Besitz nimmt. Was fasziniert Sie so am Thema Dämonen?

Sowohl meine Vampire als auch meine Wölfe sprechen davon, einen Dämon in sich zu tragen. Sie sehen sich selbst nicht als außergewöhnliche Kreaturen, sondern als Menschen, in die etwas Fantastisches eingedrungen ist. Dahinter verbirgt sich der Gedanke, dass jeder von uns durch vertraute Straßen gehen kann und dabei vielleicht den Weg von jemandem kreuzt, der nur auf den ersten Blick ganz gewöhnlich erscheint, der jedoch in Wirklichkeit etwas Fremdartiges in sich trägt. Nach diesem magischen Moment im Alltag, danach suche ich.

Außerdem spielt meine Idee vom Dämon im Menschen mit den dunklen Eigenschaften, die wir alle mehr oder weniger ausgeprägt in uns tragen. Wer hatte noch nie das Gefühl, zwei Seelen in seiner Brust zu beherbergen? Die eine benimmt sich ganz zivilisiert, die andere führt sich wie eine wilde Bestie auf. Nur dass in Davids Brust tatsächlich zwei Seelen wohnen ...

In Ihren bisherigen Romanen standen immer junge Frauen im Mittelpunkt. Was hat Sie bewogen, in Ihrem neuen Roman* Nachtglanz *Adam, den die Leser schon aus* Morgenrot *kennen, ins Zentrum zu stellen? Ist es schwieriger aus der Perspektive eines männlichen Protagonisten zu schreiben?

Bei meinem Debütroman *Morgenrot* erschien es mir ganz natürlich, die Geschichte aus der Sicht meiner Heldin zu erzählen, schlicht, weil sie mir am vertrautesten war. Auch wenn Lea als Person nichts mit mir gemeinsam hat, war sie für mich wie eine Freundin, deren Gedanken und Handlungsweisen ich verstand, während Adam mir in so mancher Hinsicht wie ein Wesen vom anderen Stern vorkam.

Mit jedem Roman nahm dann die Sicherheit zu, auch aus der männlichen Perspektive heraus zu schreiben, bis ich in *Nachtglanz* gewagt habe, es zum Schwerpunkt zu machen. Es war eine interessante Erfahrung, weil es um einiges anders war. Allein das Tempo hat extrem zugelegt, denn mein Held war viel eher bereit, sich in die Action zu stürzen, als über eine Situation nachzudenken. Auch die Sprache ist eine andere: Während Lea es in *Morgenrot* romantisch und ausladend mochte, kommt Adam in *Nachtglanz* rasch auf den Punkt. Er schwelgt nicht in Beschreibungen, sondern umreißt kurz und knapp die Lage und schon geht es weiter. Im Nachhinein würde ich sagen, dass es eine Rolle spielt, ob man aus weiblicher oder männlicher Perspektive schreibt, aber hauptsächlich entscheiden die Figuren darüber, wie ich erzähle.

Welche Ihrer Figuren liegt Ihnen am meisten am Herzen?

Die Frage kann ich leider gar nicht beantworten, denn das wäre, als wenn eine Mutter sich zwischen ihren Kindern entscheiden müsste. Ans Herz gewachsen sind sie mir alle, selbst die Bösewichte unter ihnen, manche stehen mir allerdings näher als andere. Das müssen auch nicht unbedingt die Hauptfiguren sein. Es fällt mir auch jedes Mal grauenhaft schwer, mich am Ende eines Romans von ihnen zu trennen, weshalb ich schon zwanghaft vor dem Schlusskapitel eine Fortsetzung plane.

Wenn Sie an einem neuen Projekt arbeiten und eine neue Idee für einen Roman haben, haben Sie dann zuerst die Geschichte oder die Figuren im Kopf?

Zuerst sind da immer die Figuren, meist diejenige mit dem fantastischen Element. Aber kaum ist diese erste Figur vorhanden, gesellen sich die anderen dazu, manchmal auch welche, die ich eigentlich gar nicht auf der Partie dabeihaben wollte. In *Sirenenlied* tauchte z.B. vollkommen unvermittelt Eileen auf und weigerte sich standhaft, eine Nebenrolle einzunehmen. Also durfte sie samt aller Konsequenzen für die Geschichte bleiben. Ich habe mir angewöhnt, meinen Figuren zu folgen, selbst wenn dabei die Geschichte, die sich in meinem Kopf abgezeichnet hat, über Bord geworfen wird. Bislang bin ich mit dieser Vorgehensweise gut gefahren und oft überrascht worden. So wird das Schreiben niemals langweilig.

In* Sirenenlied *spielen mit den Sirenen ungewöhnliche mythologische Wesen eine Rolle. Wie sind Sie auf die Idee gekommen, eine Geschichte über dieses Thema zu schreiben?

Das Meer spielt in vielen meiner Romane eine wichtige Rolle, deshalb war es an der Zeit, ihm eine eigene Geschichte zu widmen. Die Sirenen verkörpern seine wilde, unberechenbare Seite am besten. Sie sind Verführerinnen und Zauberinnen, aber dabei eben auch Wassergeister, die nicht in menschlichen Maßstäben wie gut und böse denken. Was es bedeutet, einem solch überwältigenden Wesen, das einen wie eine Flut mitreißen kann, ausgeliefert zu sein, bekommt mein Held Josh am eigenen Leib zu spüren.

Nachtglanz *spielt in Paris,* Sirenenlied *in Schottland. Besuchen Sie die Orte, die später zu Schauplätzen in Ihren Geschichten werden, manchmal auch selbst?*

Einen Roman an einem großartigen Ort spielen zu lassen, ist die perfekte Ausrede für eine Reise! Da nutze ich jede Gelegenheit. Im Ernst: Es ist zwar nicht zwingend, aber immer von Vorteil, die Orte gut zu kennen, über die man schreibt. Auch wenn nicht alle Eindrücke, die man aufschnappt, Eingang in einen Roman finden, so verleihen sie ihm doch eine gewisse Fühlbarkeit. Eine gehörige Portion

Fantasie und Bildbände helfen natürlich andernfalls weiter, denn ins Paris des späten 19. Jahrhunderts kann man leider nur noch im Kopf reisen.

Neben Ihrer Tätigkeit als Autorin arbeiten Sie auch als Literaturagentin. Wie ist es, plötzlich auf der anderen Seite des Literaturbetriebs zu stehen und als Autorin Erfolg zu haben?

Nach wie vor verwirrend. Mein Wunsch ist es eigentlich immer gewesen, Autoren bei der Verwirklichung ihrer Romanideen zu unterstützen, sowohl während des Schreibprozesses als auch später beim Veröffentlichen. Nun am eigenen Leib zu erleben, was ich bislang nur von meiner Randposition als Literaturagentin erlebt habe, ist spannend, mir aber – ehrlich gesagt – auch nicht ganz geheuer. Die Agentin in mir hat auf viele Dinge einen ganz anderen Blick als die Autorin. Das miteinander zu vereinbaren, ist eine echte Herausforderung.

Morgenrot ***war in Deutschland ein riesiger Erfolg. Was ist das für ein Gefühl, plötzlich mit dem Schreiben so viele Menschen erreichen zu können?***

Ein Bucherfolg ist ja eine eher abstrakte Sache, schließlich bin ich keine Musikerin, die die Reaktionen ihres Publikums live und in Farbe mitbekommt. Da schreibt man monatelang in Einsamkeit vor sich hin und wenn das Buch dann endlich erscheint, sitzt man bereits am nächsten. Wenn ich jedoch nach einer Lesung mit einer Besucherin ins Gespräch komme und sie mir mit leuchtenden Augen von ihrer Lieblingsstelle aus einem meiner Romane erzählt, dann schwebe ich auf Wolke sieben. Diesen einen Menschen erreicht zu haben, macht mich dann mehr als glücklich.

Leseprobe

TANJA HEITMANN
Nachtglanz

Unerreichbare Ziele

»Bist du dir sicher, dass ich dich nicht wenigstens hineinbegleiten soll?«, fragte Hayden, der den Wagen vor dem Hotel Fin de siècle zum Halten gebracht hatte und dafür bereits ungeduldige Blicke des Portiers einfing.

»Nein, das brauchst du nicht.«

Seit sie das Restaurant verlassen hatten, nahm Esthers Unruhe stetig zu. Dabei würde sie nichts anderes tun, als Anders' Auftrag auszuführen. Ein paar Worte und Erklärungen, das war alles. Auch wenn die Erinnerung an diesen unberechenbaren Adam sie nervös stimmte, war ihr durchaus klar, dass er sich keinen Deut für sie interessierte. Dämonen machten sich nicht viel aus Menschen, solange sie nicht als Opfer bestimmt waren. Und aus Dienern anderer Herrn machten sie sich in der Regel noch weniger.

»Es ist mir ein Rätsel, wie Anders mit jemandem Geschäfte machen kann, der freiwillig in einem solchen Haus absteigt. Sieht trotz des Pomps recht heruntergekommen aus, da hilft auch kein roter Teppich«, setzte Hayden nach.

Esther hatte Hayden über Anders kennengelernt, der die Anwaltskanzlei in Anspruch nahm, in der Hayden Teilhaber war. Obwohl sie die meiste Zeit des Tages in Anders' Gesellschaft verbrachte, erstaunte es sie immer wieder, dass Hayden ihn trotzdem besser beurteilen konnte. Sein Blick war von großer Klarheit, ihm konnte man schlecht etwas vormachen. So war ihm auch ihre Nervosität nicht entgangen.

»Und wenn schon? Das Hotel kann meinetwegen aussehen, wie es will. Schließlich wollen wir hier ja nicht unsere Flitterwochen verbringen.« Im nächsten Augenblick schämte Esther sich über diese unangebracht ruppige Reaktion, doch Hayden lachte nur.

»Nein, hier ganz bestimmt nicht. Aber über das Thema Flitterwochen sollten wir uns in der nächsten Zeit tatsächlich einmal Gedanken machen. Ruf mich an, wenn du deine Angelegenheiten für heute geregelt hast, dann können wir uns noch auf einen Drink treffen und uns über eine Reise nach Europa unterhalten. Das wäre doch was, oder?«

Esther spürte beim Wort Europa einen eisernen Griff um ihre Kehle, trotzdem nickte sie tapfer. »Ich werde es versuchen, aber es könnte heute sehr spät werden, also warte bitte nicht auf meinen Anruf.« Das war eine Lüge, denn sie hatte vor, möglichst schnell mit diesem Adam fertigzuwerden. Aber bis sie Hayden das nächste Mal wiedersah, musste sie sich ein Reiseziel einfallen lassen, das Europa ausstach.

Innen machte das Fin de siècle mehr her, als man von seiner schäbigen Fassade erwartete. Die Lobby war zwar nicht übermäßig groß, aber die dunklen Holzwände und die mit Samt bezogenen Sofas, zwischen denen niedrige Orienttische und Drachenpalmen standen, verbreiteten eine angenehme Atmosphäre. Für jemanden wie Hayden, der alles Klare und Moderne liebte, sah das hier vermutlich nach verstaubter Vergangenheit aus, aber Esther konnte elegante Gestalten umhergehen sehen, während Pagen Schrankkoffer hievten.

Ohne sich dessen bewusst zu sein, entschied Esther sich für eine kleine Auszeit, bevor sie sich ihrer Aufgabe stellen würde. Zu sehr waren die letzten Stunden ein stetes Wechselbad der Gefühle gewesen. Für ein paar Minuten in die Haut einer anderen Frau zu schlüpfen, war da einfach zu verlockend. Vor allem, weil die Lobby sie geradezu zu einer Zeitreise verführte. Um eine aufrechte Haltung bemüht, als trüge sie statt eines Mieders ein Korsett, setzte Esther sich auf eins der Sofas. Während sich ihre innere Anspannung verlor, schloss sie die Augen und begann im Geiste, eine Unterhaltung mit ihrer vornehmen Begleitung zu spinnen.

Erst eine volltönende Männerstimme holte Esther in die Gegenwart zurück. »Wenn ich gewusst hätte, wie sehr Ihnen diese Umgebung zusagt, hätte ich mir mehr Zeit damit gelassen, zu Ihnen zu kommen.«

Esther sprang vor Überraschung auf, bevor ihr klarwurde, wie ertappt sie dadurch wirkte. Adam war auf der Hälfte der Treppe stehen geblieben und musterte sie – ob nun amüsiert oder kritisch konnte sie nicht sagen. Er sah tadellos gekleidet aus, nur das nasse, zurückgekämmte Haar verriet, dass er eben erst vom Bett unter die Dusche gestiegen war. Nicht etwa, weil er zu lange geschlafen hätte … für einen solchen Fehlschluss kannte Esther sich zu gut mit seinesgleichen aus.

»Entschuldigen Sie, aber ich habe noch nicht mit Ihnen gerechnet.« Esther stockte. Warum hätte sie auch mit ihm rechnen sollen? Schließlich hatte sie ihren Besuch noch nicht bei der Rezeption angemeldet. »Haben Sie mich etwa eintreffen sehen?«

Die Frage schien Adam zu amüsieren. »Mehr oder weniger. Ihr Duft hat Sie verraten, wenn Sie es genau wissen wollen.«

Obwohl er es leicht dahinsagte, färbten sich Esthers Wangen rot, als habe er ihr ein vertrauliches Kompliment gemacht. »Ich hoffe, ich störe Sie nicht? Wir können uns auch gern zu einem späteren Zeitpunkt unterhalten«, brachte sie in einem geschäftsmäßigen Ton hervor, nachdem sie ihre Verunsicherung überwunden hatte.

Adam kam den Rest der Treppe herunter, ohne sie dabei aus den Augen zu lassen. »Stören, wobei?«

Esthers Augenbrauen schnellten in die Höhe. Entweder war dieser Mann vollkommen schamlos, oder er hatte in seinem Zustand gestern gar nicht mehr mitbekommen, dass er sich vor den Augen aller Gäste mit Anders' Gefährtin vergnügt hatte. Von den anderen Dingen, die vorgefallen waren, ganz zu schweigen. Esther beschloss, direkt auf ihr Anliegen zu sprechen zu kommen.

»Anders wünscht, dass ich Sie mit Ihrer Aufgabe vertraut mache, da ihm das Thema ein wenig unangenehm ist.«

Adam kam vor ihr zum Stehen, und unwillkürlich streckte sie einen Arm vor, damit er einen gewissen Abstand wahrte. Einen Augenblick lang sah er überrascht auf ihren grenzpfahlgleichen Arm, dann schenkte er ihr ein Lächeln, das keineswegs beruhigend wirkte.

»Man könnte fast meinen, meine Gegenwart wäre Ihnen unangenehm. Dabei kenne ich noch nicht einmal Ihren Namen.«

»Ja, das stimmt. Eigentlich hätten wir uns gestern Abend

bereits vorgestellt werden sollen. Aber dann waren Sie ja zuerst damit beschäftigt, meinen Herrn zu küssen …« Esther hielt unvermittelt inne. Was war nur los mit ihr? Für gewöhnlich hatte sie sich vollkommen im Griff, wenn sie in Anders' Auftrag handelte.

Adam wischte sich mit einer flüchtigen Bewegung über die Lippen, als könne er kaum glauben, was er getan haben sollte. »Es war kein Kuss im eigentlichen Sinne.«

Es klang überraschend entschuldigend, dann wurde sein Ausdruck undurchdringlich. Derselbe Ausdruck wie auf der Party, bis Anders den Dämon in ihm geweckt hatte. Daraufhin hatte er lichterloh gebrannt. Eine Erinnerung, die sie nach wie vor in Unruhe versetzte, so eindrucksvoll war die Reaktion dieses Mannes auf Anders' Gabe gewesen … und hatte etwas längst Vergessenes in ihr geweckt, das sie nach wie vor nicht unter Kontrolle hatte, verflixt.

Offenbar war ihr die Verstörung anzusehen, denn Adam schüttelte amüsiert den Kopf.

»Es überrascht mich, ehrlich gesagt, dass die Erinnerung Sie in Verlegenheit bringt. Als Anders' Dienerin sollten Sie an solche Szenen doch gewöhnt sein.«

»Das bin ich auch. Ich muss mich entschuldigen, denn es steht mir keineswegs zu, darüber zu urteilen.«

»Ich nehme es Ihnen auch nicht weiter übel, wenn Sie mir nun endlich Ihren Namen verraten.«

»Esther«, sagte sie nach kurzem Zögern.

»Nur Esther? Und dabei dachte ich immer, nur unsereins würde sich Künstlernamen zulegen.«

Unwillkürlich entschlüpfte Esther ein überraschtes »Oh«. Jetzt durfte sie auf keinen Fall die Nerven verlieren. Doch zu ihrem Entsetzen spürte sie, wie sich Risse in ihre Fassade gruben. Das Herz schlug wild in ihrer Brust, und sie konnte Adam ansehen, dass ihm dieser Umstand keineswegs entging.

»Wie kommen Sie bloß darauf, dass es sich um einen Künstlernamen handelt? Eine absurde Idee.«

Anstelle einer Antwort musterte Adam sie nur, dann steckte er die Hände in die Hosentaschen und blickte zu einem der bodentiefen Fenster hinaus.

Esther hatte im Laufe der Zeit viele von seiner Art gesehen, schließlich zog Anders sie an wie das Licht die Motten. Die meisten konnten den Dämon, der sie beherrschte, nur leidlich verbergen. Einige wenige erregten dagegen kaum Verdacht, wie etwa Rischka, die allerdings trotzdem nur selten von Anders' Seite wich – nun, zumindest bis dieser Herr hier aufgetaucht war.

Man erkannte sie also nur, wenn man wusste, wonach man Ausschau halten musste. Mit dem Dämon zog eine Ausstrahlung ein, die fremdartig war. Als würde sein dunkler Heiligenschein durch die menschliche Hülle hindurchschimmern. Nur bei Adam war es anders. Er wirkte bedrohlich, als könne er sein Temperament kaum zügeln. Von dem Dämon war jedoch keine Spur zu erkennen. Zwar umgab Adam eine Fassade aus Distanziertheit, aber es war die eines Menschen, der niemanden zu nah an sich herankommen lassen wollte. Esther erkannte das deshalb so genau, weil sie sich oft des gleichen Mittels bediente.

Nun, da sich ihr Puls wieder beruhigt hatte, begann sie erneut: »Der Auftrag, mit dem Anders Sie betraut hat, dreht sich im Wesentlichen um …«

»Seit ich in L.A. angekommen bin, habe ich das Meer noch nicht gesehen«, unterbrach Adam sie, keineswegs grob, aber doch sehr bestimmt. »Ich glaube, es ist noch nicht zu spät für einen Ausflug.«

»Ich werde mich mit meinen Ausführungen beeilen.«

»Das ist nicht notwendig, obwohl ich nichts dagegen einzuwenden hätte, wenn Sie schnell machen würden, Esther. Wenn man am Meer spazieren geht, gibt es nämlich nichts Besseres, als zu schweigen und den Wellen zuzuhören.«

Esther schnappte vor Verblüffung nach Luft. »Sie erwarten doch wohl nicht ernsthaft, dass ich Sie begleite?«

Allem Anschein nach doch, denn Adam hatte sich bereits umgedreht und schlenderte in Richtung Ausgang. Einen Moment lang überlegte sie, ob es sinnvoll war, ihn einfach ziehen zu lassen. Allerdings würde dann nicht nur Anders mit ihr unzufrieden sein … und außerdem kam ihr die Vorstellung eines Spaziergangs am Meer gar nicht so abwegig vor. Es wäre bedeutend leichter, mit diesem Mann zu sprechen, wenn man dabei aufs Wasser hinausblicken konnte, anstatt unentwegt in diese Katzenaugen sehen zu müssen. Obwohl alle Vernunft ihr widersprach, folgte sie Adam zum Ausgang des Hotels.

Winterfeuer

Der Strand lag verlassen da, nur in weiter Ferne konnte man die Umrisse von einigen Spaziergängern erkennen. Hundehalter oder vielleicht auch Eltern, die mit ihren Kindern umhertollten. Das Januarlicht war klar und schneidend, so dass Esther notgedrungen die Hand als Schattenspender zu Hilfe nehmen musste, wenn sie aufs glitzernde Wellenspiel sehen wollte. Zu Adams Enttäuschung hatte sie sich ein Tuch um den Kopf gebunden. Dabei hätte er gern gesehen, wie der Wind diese Fülle aus blassem Rotgold zum Flirren brachte.

Während der Autofahrt war sie überraschend still gewesen, das Gesicht verschlossen wie eine Auster, und auch ansonsten hatte nichts an ihr etwas darüber verraten, was sie von diesem erzwungenen Ausflug hielt. Die perfekte Dienerin. Fast fühlte Adam sich herausgefordert, den spärlichen Spuren nachzugehen, die sie trotzdem unwillentlich über ihre Persönlichkeit preisgab. Doch er riss sich zusammen. Esther umwehte ein Geheimnis, und er würde sich nicht an ihr versündigen, indem er es ihr gegen ihren Willen entriss. Was auch immer er bislang getan haben mochte, es hatte sie schon ausreichend gegen ihn aufgebracht.

Der Sand war nass und schwer, und Esther versank immer wieder mit den Absätzen. Adam reichte es vollkommen aus, neben ihr herzuschlendern und sie gelegentlich am Ellbogen zu stützen, was sie ihm mit einem gereizten Funkeln dankte. Auch das sollte ihm recht sein, denn auf diese Weise bekam er die Chance geboten, ihre grauen Augen zu betrachten. Jedes Mal spürte er der Empfindung nach, die sie in ihm wachgerufen hatten. Noch ein Geheimnis, aber von der süßen Art.

Zeitverschwendung, knurrte der Dämon. *Ich will sie nicht – nicht ihr Blut, nicht ihren Körper. Sie ist vielleicht Anders' Dienerin, aber sonst zu nichts zu gebrauchen.*

Ehe Adam sich's versah, hatte sich ein Lächeln auf seine Züge geschlichen. Noch nie zuvor hatte er die unüberwindbare Trennlinie zwischen dem Dämon und sich mehr begrüßt als bei diesen Worten. Hätte die Stimme ihm zugeraunt, dass sie Esther begehrte, hätte er ohne eine Erklärung kehrtgemacht und wäre direkt zum Flughafen gefahren, um nie wieder zurückzukehren. Aber der Dämon wollte sie nicht – ganz im Gegensatz zu ihm, wie er sich zu seiner eigenen Verwunderung eingestehen musste.

Seit den Erlebnissen in Paris hatte Adam sich von Frauen, die ihn anzogen, tunlichst ferngehalten. Stets schwebte ihm die Gefahr vor Augen, der Dämon könnte die Gelegenheit nutzen, ein weiteres Mal nach der Alleinherrschaft zu greifen, sobald er sich fallenließ. Allerdings hatte auch noch nie eine andere Frau dieses berauschende Gefühl in ihm geweckt, das seine Vernunft einfach ausschaltete.

Esther war jene Art von kühler Schönheit zu eigen, die den meisten Männern zu viel Respekt einflößte, als dass sie sich zu Dummheiten wie einem Flirt hätten hinreißen lassen. Sie war recht groß, mit einer wohlgeformten Figur und ebenmäßigen Gesichtszügen. Einmal abgesehen von ein paar feinen Brüchen, die nur bemerkte, wer genau hinsah: Der Nasenrücken saß schief, und unter ihrem linken Auge verlief eine Narbe, die sie jedoch hervorragend zu überschminken verstand. Dafür passten diese Zeichen zu ihren angespannten Zügen. Auch von dem verträumten Blick, mit dem Adam sie in der Lobby angetroffen hatte, war seither nichts mehr zu sehen. Stattdessen prangte eine steile Falte inmitten der Stirn, die ihr etwas Strenges verlieh.

Mit der behandschuhten Hand hielt Esther den Kragen ihres Mantels zusammen. »Ich kann mich gar nicht entsinnen, wann ich zum letzten Mal das Meer gesehen habe. Im Sommer ist der Strand nicht der richtige Ort für mich, dann verbrenne ich mit meiner hellen Haut schon auf dem Weg vom Wagen hierher. Und im Winter kommt niemand auf die Idee, an den Strand zu gehen. Jedenfalls niemand, den ich kenne. Es ist wunderschön, die Farben sind wie gemalt.«

»Sie nehmen es mir also nicht länger übel, dass ich Sie zu diesem Ausflug genötigt habe?«

»Dass Sie mich gezwungen haben, Ihnen hinterherzulaufen?« Esther zuckte mit der Schulter. »Nur ein wenig.«

Adam biss sich auf die Unterlippe, um ein Lachen zu unterdrücken. Sie war fuchsteufelswild wegen seines Benehmens, aber zu beherrscht, um das einzugestehen – dessen war er sich spätestens nach dieser Lüge sicher. Für Lügen hatte er einen Extrasinn.

Das grau schimmernde Meeresspiel, der dunstige Horizont, der Wind, der ihm Salz und den Duft nach Apfelblüten zuspielte, den Esthers Haut verströmte, bildeten den schönsten Augenblick, an den er sich erinnern konnte. Wann hatte er sich jemals so leicht gefühlt? Ihm war sogar nach einer Unterhaltung zumute.

»Woher stammt eigentlich Ihr Akzent? Normalerweise bin ich sehr gut im Erraten, aber Ihrer ist regelrecht verschleiert, als wollten Sie ihn nicht bloß loswerden, sondern geradezu vertuschen.«

»Haben wir in dieser Stadt nicht alle einen Akzent, den wir nur allzu gern hinter uns lassen würden?«, konterte Esther. »Ihr Englisch klingt schließlich auch wie aus dem Lehrbuch.«

Adam setzte bereits zu einer Entgegnung an, dann hielt er inne. Sie lässt sich nicht gern in die Karten blicken, stellte er amüsiert fest und musste im nächsten Moment seinen erwachten Jagdtrieb zügeln, der sich am liebsten auf diese scheue Beute gestürzt hätte. Bei diesem Spiel würde Adam sich jedoch allein schlagen, das verlangte nicht bloß sein Stolz. Dann sah Esther ihn mit ihren ernsten Augen an, und er musste hart schlucken. Nein, das hier war kein Spiel – es war seine einzige Chance.

»Im Gegensatz zu Ihnen ist es bei mir der Dämon, der für meine akzentfreie Aussprache verantwortlich ist. Ich habe nichts zu verbergen.«

»Sie meinen wohl: Sie haben nichts *vor mir* zu verbergen. Weil ich als Dienerin genau weiß, was Sie sind. Da können Sie sich ganz hemmungslos offenbaren.« Trotz ihrer schnippischen Worte verzog Esther keine Miene.

»Und was bin ich in Ihren Augen?«

Diese Frage bot sich fast zwingend an, aber bei der Vorstellung, wie ihre Antwort ausfallen könnte, bebten sämtliche Muskeln in seinem Körper vor Anspannung. *Was* und nicht *wer*, hatte sie gesagt. Ein Etwas also und kein Mann.

Esther musterte ihn, als handle es sich bei seiner Frage um einen Witz. »Ein Dämon in Menschengestalt«, brachte sie schließlich tonlos hervor. »Dabei sind Sie in Ihrer Camouflage genauso unkenntlich wie Anders, vermutlich ist Ihre sogar noch perfekter. Niemand würde je Verdacht schöpfen, dass Sie kein Mensch sind.«

»Dass ich kein Mensch bin«, sprach Adam leise nach, für den sich jede Silbe wie ein Schlag ins Gesicht anfühlte.

»Sehen Sie es als Kompliment – oder wären Sie lieber eins von diesen armen Geschöpfen, in denen noch ein Rest Menschlichkeit existiert, das sie der Lächerlichkeit preisgibt? Glauben Sie mir, wenn man mir nicht gesagt hätte, dass Sie ebenfalls im Blutdienst stehen, hätte ich es nie erraten. Und dabei bin ich ausgesprochen gut darin, den Dämon zu entdecken. Anders hat mich darin gründlich ausgebildet.«

»Warum ausgerechnet Sie?« Als Esther lediglich erstaunt die Brauen hochzog, fügte Adam hinzu: »Der Dämon interessiert sich nicht für Sie, Sie werden also niemals einer seiner Tempel sein.«

»Woher wissen Sie das so genau?«

»Ich bin auch sehr gut darin, Dinge zu sehen, die den Dämon betreffen.«

Obwohl Esther sich so gedreht hatte, dass sie die gleißende Sonne im Rücken hatte, verengte sie die Augen zu Schlitzen, als würde Adams Anblick sie blenden.

»Ist es Ihnen unangenehm, dass Sie den Dämon nicht in sich tragen können?«, hakte er nach.

Noch immer schwieg Esther, so dass Adam bereits einen weiteren Anlauf nehmen wollte, als sie unvermittelt sagte: »Ich hege keinerlei Interesse an dem Dämon. Zwar akzeptiere ich die Bezeichnung Dienerin und halte mich exakt an die Regeln, aber in Wahrheit bin ich Anders' angestellte Assistentin. Er braucht jemanden, der die Position einer Dienerin erfüllt, möchte sich aber an niemanden binden, der eines Tages eine Verwandlung von ihm einfordern könnte. Die, wie ich gehört habe, ja ohnehin allzu oft scheitert, weil der Dämon sich für das Blut der meisten Diener aus gutem Grund nicht interessiert. Als Anders mich vor drei Jahren mitten auf der Straße angesprochen hat, brauchte ich gerade einen Job. Einen gut bezahlten Job nach Möglichkeit. Anders verlangt nichts von mir, das mein Gewissen in Mitleidenschaft ziehen würde, weil er seine Opfer stets entschädigt. Außerdem ist er ein besserer Chef, als es wohl die meisten Kerle in dieser Stadt sind.«

»Ein blutgieriger Dämon macht Ihnen also keine Angst?«

Für einen Sekundenbruchteil rümpfte Esther die Nase, dann war ihr Gesicht wieder so ausdruckslos wie gewohnt. »Nein, dafür hat Anders alles viel zu gut unter Kontrolle. In dieser Stadt geht man sorgsam mit dem Blutdienst um. Das heißt: So war es zumindest bis vor kurzem. Aber nun sind Sie ja da, um den alten Zustand wiederherzustellen.«

Gegen seinen Willen stieß Adam ein raues Lachen aus. »Womit wir wohl beim Thema wären.«

»Die meisten Dämonen …« Ehe Esther den Satz zu Ende bringen konnte, packte Adam sie verwirrend schnell am Handgelenk. Obwohl ihr die Geste zweifellos gegen den Strich ging, wagte sie es nicht, sich ihm zu entziehen.

»Ich gebe Ihnen einen Tipp, Schätzchen«, sagte Adam bedrohlich leise. »Nennen Sie mich besser nicht einen Dämon. Das missfällt mir nicht nur, sondern das bin ich auch nicht.«

Aber bald, brachte sich die Stimme einem Giftstachel gleich ein.

Esther verzog ihre Mundwinkel zu einem abschätzigen Lächeln, während ihr Gesicht blass wurde und ihre ansonsten bestens versteckte Angst verriet. Durch das Leder ihres Handschuhs konnte Adam ihren schnell gehenden Puls spüren, was ihn vor Frustration fast aufschreien ließ. Alles lief schief, und er machte es durch sein aufbrausendes Temperament nur noch schlimmer.

»Wie Sie wünschen«, sagte Esther voller Verachtung. »Die meisten von … Ihresgleichen, die den Weg nach Los Angeles finden, schließen sich über kurz oder lang Anders an und passen sich ohne viel Aufhebens entsprechend ihrer Opferrituale an die hiesigen Sitten an. Die Sorgfältigkeit bei der Opferwahl und der pflegliche Umgang mit ihnen ist eine Notwendigkeit, wenn man über einen längeren Zeitraum an einem Ort bleiben will, wo man nicht der Einzige mit bestimmten Gelüsten ist.«

Adam nickte langsam. »Aber einer hält sich nicht daran,

und derjenige muss gefunden werden, bevor er die ganze Gemeinschaft in Gefahr bringt.«

»Es hat ganz den Anschein, als hätten Sie Ihre Aufgabe von selbst erraten. Wenn Sie ein so guter Jäger sind, wie Ihr Leumund Rischka behauptet, wird es sicherlich ein Leichtes für Sie sein, die Spur der blutleeren Leichen zu dem Dämon – oh, entschuldigen Sie bitte –, zu demjenigen zurückzuverfolgen, auf dessen Konto sie gehen. Das ist der Auftrag, den Anders für Sie vorgesehen hat.«

Der Zynismus war nicht zu überhören, auch wenn Esther sich um Neutralität bemühte. Jede ihrer Regungen schien darauf ausgerichtet zu sein, ihn auf Distanz zu halten. Adam beschloss, ihre Abwehrhaltung hinzunehmen und sich stattdessen auf die vor ihm liegende Aufgabe zu konzentrieren. Vielleicht entspannte das ja die Situation zwischen ihnen beiden.

»Es gibt also eine Spur von blutleeren Leichen. Erzählen Sie mir doch ein bisschen mehr darüber. Vor allem, warum Sie davon ausgehen, dass es jemand von uns gewesen sein soll. L.A. ist eine Großstadt, die doch bestimmt jede Menge Verrückte anzieht. Vielleicht ist es nur irgendein Sektenfanatiker, der es mit seinem Kult etwas zu ernst meint.«

Esther blinzelte ihn ungehalten an. »Ihre Begabung als Spurenleser in Ehren, aber auch ich mache meinen Job gut. Anders lässt mich die Geschehnisse in der Stadt beobachten, außerdem verfügt er selbst über ausgezeichnete Kontakte. Sie können also davon ausgehen, dass wir alles in Erfahrung gebracht haben, was in unserer Macht stand. Wir haben es mit sieben Opferungen zu tun, mit solchen Opferungen, die bis zum bitteren Ende durchgeführt worden sind. Jede einzelne von ihnen mit einer anderen Technik … vom klassischen Durchtrennen der Arterie bis zum professionellen Abzapfen des Blutes. Dabei wiesen die Opfer keinerlei Verbindungen zueinander auf, Geschlecht, Alter, Rassenzugehörigkeit, alles kreuz und quer durcheinander. Genau wie die Fundorte, denn normalerweise würde sich bei so vielen Leichen doch eine Art Vorliebe abzeichnen, etwa eine Gegend, in der der Täter sich gut auskennt. Aber so ist es in diesem Fall nicht. Man könnte fast meinen, unserem Unbekannten ist es gleichgültig, wen er tötet und wo er es tut. Deshalb fällt es der Mordkommission des LAPD auch so schwer, ein Muster zu erkennen – das ändert sich jedoch, wenn man weiß, auf welchen Nenner man vollkommen unterschiedlich ausgeblutete Leichen bringen kann: Blutopfer für den Dämon.«

Adam nickte zustimmend, während er in seine Einschätzung von Esther neben über *alle Maße anziehend* und *geheimnisvoll* auch noch *intelligent* eintrug. Was ihre abweisende Haltung umso schlimmer machte.

»Ich habe eine Liste der bisherigen Opfer für Sie zusammengestellt«, fuhr Esther geschäftsmäßig fort. »Wer sie waren, von wem sie gefunden wurden, samt Daten, Fundortbeschreibungen und so weiter. Können Sie damit arbeiten?«

»So eine Liste ist ja gut und schön, aber meine Sinne brauchen eigentlich etwas Handfestes, mit dem sie arbeiten können. Hat Anders eins der Opfer in seinen Besitz bringen können, damit ich es mir genauer ansehen kann?«

»Leider haben wir kein Kühlhaus, das groß genug für die Unterbringung einer Leiche wäre. Nur einen Kühlschrank für Bensons Biervorräte«, antwortete Esther, wobei ihre Nase sich erneut kräuselte. Das Thema war ihr zuwider. Mit zwei Fingerspitzen massierte sie sich die Schläfe, dann zwang sie sich ein Lächeln aufs Gesicht. »Sehen Sie, Anders ist kein Staatsmann, der etwas vertuschen will und deshalb schrecklich zugerichtete Leichname aus der Leichenhalle entführen lässt, bis der Geheimagent eintrifft und die Spuren liest. Darum werden Sie sich selbst kümmern müssen.«

Nach außen hin ließ Adam den Spott an sich abprallen, doch innerlich zuckte er zusammen. Während er die sorgfältig ausgearbeitete Liste überflog, trat Esther unruhig von einem Fuß auf den anderen, wobei sie prompt im Sand versank. Mit einer gewissen Übung packte Adam sie am Ellbogen.

»Haben Sie vergessen, irgendein Detail zu notieren, oder warum sind Sie plötzlich so nervös? Das Reden über ausgeblutete Leichen scheint Sie ja jedenfalls nicht aus der Ruhe zu bringen. Sagen Sie es mir ruhig, falls Sie als perfekte Assistentin versagt haben sollten. Ich werde es Anders schon nicht auf die Nase binden und Ihre Karriere ruinieren.«

Esther strich ihren Mantel glatt. »Ich habe nichts vergessen. Es gibt nur etwas, von dem ich mir nicht sicher bin, ob ich es überhaupt erwähnen soll.«

Adam brauchte nicht auf seinen Instinkt zurückzugreifen, um zu erkennen, dass sie einen innerlichen Kampf ausfocht. Geduldig wartete er ab.

»Vermutlich ist es eine Sackgasse, aber vor einigen Tagen hat es einen Polizeieinsatz im Außenbezirk gegeben. Nichts Großes. Es war wohl ein anonymer Tipp gegeben worden, der auf einen blutbesudelten Hinterhof hinwies. Allerdings ist dort außer dem Blut nichts gefunden worden. Ich habe also keinen Beweis, dass es sich um eine Opferung gehandelt haben könnte. So, nun haben Sie es wenigstens gehört. Was Sie daraus machen, ist Ihre Sache.«

Hellhörig geworden, hakte Adam nach. »Woher wissen Sie davon?«

»Einer von Anders' Kontakten beim LAPD hat angerufen und davon erzählt.«

Adam versuchte, Esthers Stocken auf die Schliche zu kommen. »Aber Anders glaubt nicht, dass dieser Fall auch unserem unbekannten Freund zuzurechnen ist?«

»Nein, deshalb steht er auch nicht auf der Liste. Ein Hundekampf auf einem Hinterhof, hat er gesagt. Ich sollte Sie nicht von den gesicherten Spuren ablenken. Aber Rischka, die das Gespräch mit dem Polizeikontakt angenommen hatte, war da anderer Meinung, darum habe ich es mir gemerkt.«

»Aha.« Obwohl Adam sicher war, dass mehr hinter dieser Geschichte steckte, ließ er es auf sich beruhen. Esthers Gesichtsausdruck zufolge hätte er deutlich mehr Druck ausüben müssen, um mehr aus ihr herauszubekommen, als ihm lieb war. »Meine Aufgabe besteht also darin, einen meinesgleichen zu finden, der Anders' ungeschriebene Regeln bricht. Wenn ich ihn habe, soll ich ihm dann gleich ein Ende bereiten?«

Das hatte Adam zwar keineswegs vor – einen von seiner Art auszulöschen, weil er es mit den Opfern übertrieb, würde ihm zwar nichts ausmachen, aber es war eine Höllenarbeit. Außerdem geriet der Dämon jedes Mal in einen Wahnsinnsaufruhr, wenn er einen von ihnen ohne seine Erlaubnis tötete. Trotzdem interessierte es ihn, wie Anders mit dem Unruhestifter umzugehen gedachte, wenn er ihn erst einmal in den Fingern hatte.

»Sehen Sie …«, fing Adam an.

Genau in diesem Augenblick riss der Wind das Tuch von Esthers Kopf und wirbelte ihr einen rotblonden Schleier vor das Gesicht.

Wie Feuerfunken im Winterlicht.

Adam ertappte sich gerade noch rechtzeitig dabei, wie er die Hand ausstreckte, getrieben von dem Verlangen, sich an diesem Winterfeuer zu verbrennen. Stattdessen fing er geschickt das Seidentuch auf.

Esther stieß ein unerwartet vergnügtes Lachen aus, während sie ihr Haar mit den Händen zu bändigen versuchte. Was ihr jedoch nicht gelang, wie Adam voller Genugtuung feststellte. Eine lachende Esther mit zerzausten Haaren passte viel besser zu der Frau, die Adam in ihr erkannte, als die distanzierte Dienerin.

»So was aber auch«, rief sie. »Die bekomme ich bei diesem Wind im Leben nicht wieder unters Tuch.«

»Lassen Sie es doch einfach offen.«

»Damit ich aussehe wie eine wild gewordene Hexe? Lieber nicht. Dann kann ich mir ja auch gleich die Pumps abstreifen und mit den Füßen ins Wasser laufen. Danach sehne ich mich schon die ganze Zeit.«

»Ich halte Sie ganz bestimmt nicht davon ab.«

»Nein, so einer sind Sie nicht, was?«, flachste Esther zurück.

Unter Einsatz beider Hände gelang es ihr schließlich, das Haar zumindest aus dem Gesicht zu bannen. Zum ersten Mal sah Adam ihr Lächeln, frei und ungezwungen. Ehe er sich's versah, erwiderte er es und streckte ihr das Tuch entgegen. Es war ein seltsam vertrauter Moment, als sie das Tuch nahm und dabei seine Finger streifte. Ihre Berührung fühlte sich genauso glatt und kühl an wie die Seide.

»Ich habe Sie gestern Abend am Klavier gehört«, sagte

sie atemlos. »Ihr Spiel ist sehr intensiv, ich konnte mich nur schwerlich entziehen. Ich hätte nicht gedacht, dass Dämonen dazu in der Lage sind, so tief zu empfinden. Und das muss man doch, um so spielen zu können.« Esther biss sich auf die Unterlippe. »Ich meine natürlich nicht Dämon, sondern … Ich meine …«

Adam schloss die Augen. Der Moment war vorbei.

Die Bestürzung deutlich ins Gesicht geschrieben, wich Esther zurück. Mit hastigen Bewegungen fasste sie das Haar im Nacken zusammen und schlang das Tuch darum. Dann standen sie beide schweigend voreinander, verwirrt über die Mauer, die so unvermittelt zwischen ihnen eingebrochen war – nur um sogleich wieder aufgerichtet zu werden.

»Was Ihre Frage anbelangt, wie Sie mit dem Übeltäter verfahren sollen, wenn Sie ihn gefunden haben … Anders wird sich darum kümmern«, setzte Esther noch deutlich aus dem Takt gebracht nach. Ihr Blick wanderte zum Meer, und für einen Augenblick glaubte Adam, Sehnsucht aufflackern zu sehen. Doch da drehte sie sich bereits mit einer resoluten Bewegung um und ging in Richtung Parkplatz davon. »Damit wäre meine Aufgabe wohl beendet, Sie wissen nun ja Bescheid.«

»Ja, sieht ganz so aus.«

Obwohl alles in ihm danach schrie, sie notfalls mit einer Umarmung zum Bleiben zu bringen, folgte Adam ihr, wobei er sich exakt einen Schritt hinter ihr hielt. Sie drehte sich auch kein einziges Mal um oder forderte ihn auf, zu ihr aufzuschließen. Akzeptier es, redete er sich ein. Für sie bist und bleibst du ein seelenloser Dämon und kein Mann. Wie willst du ihr auch das Gegenteil beweisen? Schließlich hat sie Recht.

Diese Liebelei hat sich ja schneller erledigt, als ich erwartet habe, säuselte der Dämon voller Hohn.

Adam schwieg, den Blick auf den grauen Sand gerichtet, und verdrängte entschlossen, woran ihn dieser Farbton erinnerte.

Lesen Sie weiter in:

Tanja Heitmann

Nachtglanz

Carrie Vaughn

Midnight Hour

Die coolste Heldin der Mystery – Kitty Norville, Radiomoderatorin und Werwölfin

»Hallo, hier ist Kitty Norville und ihre *Midnight Hour*. Rufen Sie an und schildern Sie Ihre Sorgen. Ob Vampir, Hexe oder Werwolf – ich, Kitty, kann Ihnen helfen, denn ich bin Ihnen näher als Sie ahnen …«

978-3-453-52489-7

Band 1:
Die Stunde der Wölfe
978-3-453-52489-7

Band 2:
Die Stunde der Vampire
978-3-453-52488-0

Band 3:
Die Stunde der Jäger
978-3-453-52490-3

Band 4:
Die Stunde der Hexen
978-3-453-53314-1

Band 5:
Die Stunde der Spieler
978-3-453-52636-5

Band 6:
Die Stunde des Zwielichts
978-3-453-52747-8

Leseproben unter: **www.heyne.de**

HEYNE